Los Niños
de
FINA

Los Niños
de
FINA

G ABRIEL A NTHONY L OPEZ

Los Niños de Fina

Impreso en los Estados Unidos de América
ISBN 978-1-64133-974-2 (sc)
ISBN 978-1-64133-975-9 (e)
ISBN 978-1-64133-973-5 (hc)

2024.12.20

Este libro está impreso en papel libre de ácido.

Debido a la naturaleza dinámica de Internet, es posible que las direcciones web o enlaces contenidos en este libro hayan cambiado desde su publicación y ya no sean válidos. Las opiniones expresadas en esta obra son únicamente del autor y no necesariamente reflejan las opiniones del editor, quien se exime de toda responsabilidad por ellas.

Blue Ink Media Solutions
1111B S Governors Ave
STE 7582 Dover,
DE 19904

www.blueinkmediasolutions.com

Niños *de* Fina

I

Está hablando de los kernanitas. Los kernanitas están en todas partes. Y Atticus Lokar era el centro de atención.

Estaba en la barra.

"Me gusta la vida", dijo Atticus al camarero. "Las personas que no lo logran. Y el alcohol tiene su lugar a lo largo de la historia."

El camarero le guiñó un ojo.

"Ya sé que tu madre murió recientemente durante la pandemia", dijo mientras limpiaba más vasos de whisky con una toalla.

Atticus estaba pensando en algo mejor que decirle al camarero.

"¿Cómo te llamas?", preguntó.

"Hank", dijo el camarero, bastante cortante.

"Necesitamos romper el hielo, Hank", dijo Atticus. "Dado que la mayoría de las personas acaban de perder a alguien en una pandemia y, en todo el sistema solar, estamos perdiendo nuestro toque, nuestra magia."

"Solo estaba pensando un poco fuera de lo común cuando comenté sobre tu madre", dijo Hank. "¿Cómo resultó todo genéticamente durante la pandemia? ¿Eso es lo que querías, que tu madre muriera?", dijo Hank.

"Eso fue una declaración aleatoria. A quién le importa estos días", dijo Atticus. "¿Podría tener otra bebida?"

Los amigos de Atticus revoloteaban libremente a su alrededor mientras él hablaba con Hank. Consumirse en alcohol y amigos puede ser genial, pero también opresivo. Atticus tomó nota de las palabras del camarero, pero la inmediatez de verse arrojado a un apocalipsis hizo que bailar y beber fuera atractivo. No le importaba lo que otras personas pensaran ahora. Tampoco le importaba que otros dijeran que había personas mejores que él, o que era un impostor. Quería vivir en el ahora, un ahora embriagador. Sin prestar atención a la multitud del bar, Atticus lanzó un dardo a través de la habitación y acertó en el blanco. Atticus miró alrededor de la habitación para ver si podía encontrar una pareja de baile. Sus otros deberes estaban en el fondo de su mente. Algunos hombres en el bar bailaban entusiastamente.

Atticus tropezó con un par de mesas y terminó en una mesa ocupada por un hombre mayor. El hombre mayor llevaba un uniforme de la Unión Estelar. Miró a Atticus con ojos severos pero comprensivos. Atticus lo miró de vuelta.

"¿Necesitas algo más?", dijo. "Creo que ya has tenido suficiente y podrías aprender una o dos cosas." El hombre mayor descruzó los brazos y colocó una medalla de la Unión Estelar en el pecho de Atticus. Atticus soltó un pequeño gemido y dijo: "Gracias, señor."

Atticus se tumbó de espaldas y agarró la medalla. Se incorporó y miró alrededor del bar. Junto a él había un vaso con un Long Island Iced Tea, y tomó un trago. Todos en el bar continuaban con su comportamiento bullicioso.

De repente, la luz se apagó en el bar. La música se detuvo y Atticus se vio obligado a enfrentarse al hombre mayor, quien esbozó una sonrisa sarcástica.

"Entonces, ¿estuviste alguna vez en batalla?" dijo Atticus.

"Sí, lo estuve. En el frente de Corniz," dijo el hombre mayor, bebiendo su trago con educación.

"Ese frente se peleó bien," dijo Atticus.

"Diezmamos al enemigo, pero perdimos a muchos combatientes," dijo el hombre mayor, señalando una cicatriz en su rostro.

"Escuché las historias mientras crecía," dijo Atticus. "Perdón, no escuché tu nombre."

"Soy el Capitán Reno Bahm," dijo Bahm.

"He oído el nombre," dijo Atticus.

"El héroe de guerra que se unió al otro bando," dijo Atticus. "Tus acciones nos enseñaron una lección. No se puede confiar en los kernanitas."

"Deberíamos subir al atrio," dijo el capitán.

Atticus miró alrededor del bar. El bar seguía lleno de gente de fiesta. Tomó un último trago de alcohol y se dirigió en la dirección que iba el capitán.

"Entonces, cuéntame sobre la Batalla de Corniz," dijo Atticus.

"Fueron días largos, duros y brutales. Estábamos en el planeta Stogh. Cada ciudad fue arrasada," dijo el Capitán Bahm. "Luchamos desde la naturaleza. Ellos tomaron todas las ciudades."

Ambos caminaban hacia el atrio mientras se veían fuegos artificiales a través del tragaluz. En el planeta Fina, siempre había una fiesta. Brahm parecía endurecido por la batalla, y Atticus quería hacerle la pregunta de nuevo sobre qué lo llevaría a Fina.

"Entonces, ¿qué te trajo a Fina?" dijo Atticus.

"Dejé la Unión Estelar después de que terminó la guerra con los kernanitas. Estaba buscando algo de paz y consuelo," dijo Brahm.

"Lo mismo," dijo Atticus. "La guerra trajo enfermedad, y cuando estalló la pandemia, perdí a mi madre. Perdí a mi padre hace mucho tiempo en una guerra olvidada."

"¿De dónde eres?" dijo el Capitán Bahm.

"Soy de Stie Lux," dijo Atticus.

"Un mundo independiente. Eso está bien," dijo el Capitán Bahm. "Fina ha sido buena conmigo. Buena gente y atmósfera. Pero he estado buscando algo."

Atticus frunció el ceño. Siempre lo habían considerado el buscador entre su grupo de amigos. Un hombre mayor todavía buscando le resultaba desconcertante.

"He visto algunas cosas, y tal vez demasiado," dijo el Capitán Bahm. "Cuando los kernanitas tomaron mi mundo, solo quería luchar y vengarme."

"¿Cómo te hizo sentir la venganza, considerando que los kernanitas alguna vez fueron uno con nuestro pueblo?" dijo Atticus.

Atticus nunca había visto un kernanita. Eran invisibles para él. Nunca pensó que luchar contra un enemigo tan invisible valiera la pena, dado que no se les podía ver. Le gustaban las cosas justas y equitativas. Su gente, los independientes, tenía una visión diferente de los kernanitas. Un enemigo incomprendido fue golpeado por la Unión Estelar cuando esta comenzó a colonizar planetas cercanos a ellos. El término "kernanitas" era más bien un apodo. La gente ha escuchado su idioma, y se rumorea que se llaman a sí mismos de una manera diferente. El apodo surgió de su impresionante muestra de tecnología, avance y habilidad en la guerra.

"Vine a ti, Atticus, porque necesito la ayuda de los independientes," dijo el Capitán Bahm.

"¿Por qué? Perdón por ser un poco directo," dijo Atticus.

"Los kernanitas planean atacar más mundos, pasando la frontera que establecimos cuando colonizamos los planetas cercanos a ellos," dijo el Capitán Bahm.

"Tengo una conexión con algunos planetas remotos," dijo Atticus.

"¿Cuáles?" dijo el Capitán Bahm.

"Ure y Tenament II," dijo Atticus.

"Esos son planetas remotos pero bien conocidos," dijo el Capitán Bahm.

El rostro marcado por las batallas del Capitán Bahm parecía relajado y agradable mientras consideraba los destinos que Atticus había nombrado. Atticus puso los pies sobre la mesa. Llamó a un camarero a la mesa. El Capitán Bahm estaba sentado en la barra y sacó un mapa estelar. Lo colocó sobre la mesa. Bahm miró el mapa y seleccionó Ure y Tenament II.

"Necesito mineral y una nave nueva," dijo Atticus.

Atticus consideró la petición de Bahm. Había estado escondido en Fina durante algún tiempo. No quería ser llamado al servicio ni siquiera por los independientes. Pensó en el costo. Mirando a través del bar, vio a la camarera, y ella lo vio a él. Caminó hacia la mesa y dejó una servilleta sobre la mesa.

"¿Qué puedo hacer por ustedes dos?" dijo la camarera. Ella era una Humar. Atticus se preguntó con quién iba a hablar ahora. Los Humar eran raros de ver. Se habían vuelto ermitaños durante los últimos cincuenta años con las guerras. Su piel cristalina brillaba bajo la luz del bar.

"Quiero dos cervezas Rael," dijo Atticus.

"¿Rael?" dijo la camarera. "¿Están celebrando algo?"

"Sí, estoy celebrando mi nuevo conocido, el Capitán Reno Bahm," dijo Atticus.

Atticus empujó a Bahm porque estaba a punto de elogiar a una Humar. Sus ojos verdes destacaban sobre su piel cristalina. Ella se quedó allí brevemente analizando a Bahm y a Atticus.

La Humar rápidamente se dio la vuelta para pedir las cervezas. Se abrió paso entre la multitud hasta llegar a la zona de cocina y bebidas. Atticus pensó que era hermosa y quería preguntarle su nombre.

Ella regresó y entregó sus cervezas.

"¿Cuál es tu nombre?" dijo Atticus mientras colocaba su mano sobre la de ella.

Ella inmediatamente se sonrojó y se rió. Su piel cristalina cambió a rosa fluorescente para indicar su estado de ánimo, y le gustaba lo que estaba sucediendo. Al menos, así fue como Atticus entendió la muestra de emoción.

"Lo siento, estoy comprometida," dijo la Humar. "Pero mi nombre es Aida para referencia futura. Y puede que lo necesites."

Atticus pensó que la esclavitud había sido abandonada en Fina hacía mucho tiempo, pero no parecía ser del todo cierto. Atticus miró su cuerpo en busca de signos de desnutrición y abuso. No encontró ninguno.

"La esclavitud fue prohibida en Fina hace mucho tiempo. ¿De quién eres propiedad?" dijo Atticus.

"No sabes quién es el verdadero amo aquí en Fina. El Protector es el verdadero amo de este mundo," susurró ella.

"¿Quién es ese?" dijo Atticus.

Bahm lo miró y le hizo un gesto a Atticus para que dejara de hablar con la Humar. Las cosas se estaban poniendo interesantes esa noche para Atticus. Alguien de la Unión Estelar, una Humar, ¿qué más podría suceder?

"Mira, Atticus," dijo Bahm. Señaló hacia la puerta del bar y más allá de la multitud de personas. Un grupo de Itors estaba entrando al bar. Los Itors también eran raros en estos días. También se habían aislado cuando estalló la guerra con los kernanitas en la galaxia.

"¡Itors!" dijo la Humar. "Perdón, tengo que irme, más clientes."

Atticus calculó lo que podría ganar con un encuentro con Itors. Los Itors eran infames. El mundo exterior los llamaba de todo: estafadores, charlatanes y timadores. Su planeta natal era Vinosa. Bahm empezó a pedir más cerveza Rael. Atticus observó cómo los Itors se acercaban a la barra y luego en dirección a su mesa.

Atticus adivinó correctamente que iba a tener un encuentro con los Itors. Olfatearon el aire y eructaron. El primer Itor parecía ser su líder. Los otros dos eran secuaces.

"¡Tú, luxiano de Stie!" dijo el primer Itor, que tenía la piel negra y amarilla. "¿Estás genéticamente modificado?"

"Soy completamente luxiano de Stie. Sin modificaciones genéticas. ¿Quién lo pregunta?" dijo Atticus.

"¡El rey Kuckgo de la Nebulosa Utopiana!" proclamó el Itor.

"Nunca he oído hablar de tal persona. He escuchado de alguien llamado el Protector aquí en Fina," afirmó Atticus.

"¿Sería de alguna utilidad para los Itors de todas las razas?" dijo el Itor. "Hemos trabajado duro para llegar a la Nebulosa Utopiana antes, el nacimiento de mundos y estrellas."

Bahm llevó a Atticus a un lado. Parecía confundido. Señaló hacia la puerta.

"Pensé que me ibas a ayudar a llegar a los Mundos Independientes," dijo Bahm.

"Bueno, decidí indagar más sobre lo que era Fina. He vivido aquí la mayor parte de mi vida sin acción ni información," dijo Atticus.

Los Itors fueron al frente del bar y pidieron un traductor. Atticus vio a Aida hablando con ellos y con el dueño del bar. Aida se dirigió hacia Atticus, y ella saludó mientras Atticus los miraba directamente. Los Itors se acercaron con sus grandes y musculosos cuerpos.

"¡Tú, luxiano de Stie! ¿Cuál es tu nombre?" dijo el primer Itor.

"Mi nombre es Atticus Lokar de Stie Lux; es un placer conocerte," dijo Atticus con una sonrisa.

"¿Puedes proporcionarnos un pasaje seguro a un mundo Independiente?" dijo el primer Itor.

"Primero, ¿cuál es tu nombre para que podamos conocernos mejor?"

"Mi nombre es Llub, y estos son Rotris y Yeys," dijo Llub, señalando a sus asociados.

Atticus analizó a los Itors. Tampoco parecían una amenaza, pero podrían causar problemas si comenzaban a hablar con Bahm. A los Itors no les gustaban las guerras y solían ser razas gregarias y alegres con apariencias intimidantes.

Bahm volvió a llevar a Atticus a un lado. El sudor comenzó a perlar su frente. También apretaba la mandíbula.

"Sabes que a los Itors no les gustó esta guerra, ni ninguna guerra, para el caso," dijo Bahm. "Tienes una deuda que pagar por aceptar llevarme a los Mundos Independientes."

"Puedo manejar esto, Bahm. Puede parecer que estoy evadiendo la deuda, pero no es así. Estoy pensando a futuro," dijo Atticus.

Los Itors también tenían naves galácticas por encima del promedio, equipadas con armas y la última tecnología de propulsión. Los Itors se pusieron temperamentales y bufaron hacia Atticus y Bahm. Eran conocidos por sus muestras de emociones, al igual que los Humar. Atticus se sintió intimidado por un segundo. Aida entró en la situación. Miró a Atticus, a los Itors y a Bahm. Abrió las manos y se acercó a los Itors con las palmas hacia arriba en un gesto de paz.

"¿No tienes malas intenciones, Humar?" dijo Llub. "Escucho lo contrario en la galaxia. Hay muchas historias de los Humar volviéndose demasiado oportunistas y traicioneros."

"Estoy sola en esta galaxia ahora. Abandoné a mi gente por la aventura de la galaxia; me gano la vida; aunque soy propiedad del Protector aquí en Fina."

"¿Qué significa eso: El Protector?" dijo Llub.

"Él une a todos y reside en la Ciudad de Epkhaliz en el continente Zernog," dijo la Humar.

"Queremos evitar a este Protector," dijo Llub. Los otros Itors gruñeron en señal de acuerdo. La saliva goteaba de sus bocas. Aida habló con los Itors un poco más, y Bahm y Atticus la observaron mientras se expresaba en múltiples idiomas distintos al suyo. Bahm soltó un suspiro de alivio.

"Las cosas parecen ir bien con los Itors, pero necesito una presentación," dijo.

Atticus llamó a Aida. Ella se acercó y puso las manos en las caderas. Tomó un trago de su cerveza.

"¿Qué dices cuando presentes a Bahm?" dijo Atticus.

"Estoy de acuerdo. Parece que no puedes mantener al tipo en secreto," dijo ella.

"Él es exmilitar de la Unión Estelar, sin embargo."

"Solo tiene mala reputación, la guerra lo afectó. Fina y el Protector son el sanador de todos los problemas," dijo Aida.

"¿Pensarían en lo que dijeron después de hablar con ellos? Parecen dispuestos a cualquier cosa," dijo Aida.

"Me presentaré yo mismo," dijo Bahm.

"Como quieras," dijo Aida.

"Hola, Llub y asociados. Soy el Capitán Reno Bahm de la Unión Estelar. Es un placer conoceros, y también estoy buscando una manera de llegar a los Mundos Independientes."

"¿Eres de la Unión Estelar?" Llub se rió. "Es lo mismo con ellos. Hay tantos rumores de un cambio con ellos. Aunque los Itors han apreciado mucho su templanza en el último medio decenio."

"Entonces, ¿no me consideran una amenaza o un activo para comerciar en el mercado de esclavos?" dijo Bahm.

"¡Ninguna!" gritó Llub. "Lo que necesitamos es un pasaje seguro a los Mundos Independientes lo antes posible."

Bahm estaba atónito por lo exigentes que eran los Itors frente a él. Atticus también estaba cansado de sus cambios de carácter. Atticus tomó un trago de su cerveza.

"Ahora que hemos dejado de lado la preocupación por la seguridad," dijo Atticus.

Bahm los miró con suficiencia. Los Itors comenzaron a gruñir de emoción. Sacaron los mapas estelares mientras acordaban.

"Entonces, es un trato," dijo Llub, "Iremos a los Mundos Independientes."

Para ese momento, las luces del bar empezaban a apagarse y la multitud se estaba dispersando. Los Itors estrecharon las manos de Bahm y Atticus. Aida agarró sus cosas y se dirigió hacia ellos.

II

Atticus se despertó en un Saltador Estelar. Campos de estrellas pasaban zumbando mientras despertaba de un largo sueño. Aida dormía frente a él. Viajaban hacia los Mundos Independientes, según indicaba un mapa. Bahm estaba en el asiento del piloto. Y los Itors también dormían en la parte trasera. Atticus fue y se sentó junto a Bahm en la silla del copiloto.

"¿Qué tal va el vuelo hasta ahora?" dijo Atticus mientras se deshacía de los efectos del sueño.

"Va bien," logró decir Bahm. La necesidad de dormir se reflejaba en su rostro. Atticus se dio cuenta de ello.

"¿Cuándo fue la última vez que dormiste?" preguntó Atticus. Un sonido de ping se emitió desde la consola de operaciones del Saltador Estelar. Atticus y Bahm lo ignoraron para mantenerse en curso hacia los Mundos Independientes.

"¿Dónde estamos ahora?" preguntó Atticus.

"Estamos a punto de pasar por la Nebulosa Utopiana," declaró Bahm.

El ping de la consola de operaciones del Saltador Estelar continuó sonando, y luego más pings comenzaron a provenir de la consola de ciencia. Bahm parecía irritado. Atticus miró alrededor de las consolas.

"¿Nos desviamos de nuestro camino para investigar lo que pueda haber allí?" dijo Atticus.

"¿Parece que nos está siguiendo?" dijo Bahm.

Atticus revisó todas las consolas. Fue a la estación de ciencia donde podía escanear de dónde provenían los pings y determinar si eran una amenaza. Podía oír a los Itors despertarse en la parte trasera del Saltador Estelar.

"Los resultados son inconclusos sobre si nos está siguiendo o no, pero parece no ser una amenaza," concluyó Atticus mientras suspiraba aliviado. Atticus solo podía imaginar el calor del sol tocando su piel en Fina mientras caminaba por los campos. Extrañaba su hogar más de lo que podía expresar.

Atticus revisó más datos, transmisiones y señales de los pings en su escáner. Bahm y Atticus querían pasar por la Nebulosa Utopiana con seguridad para no encontrarse con aliados de los kernanitas.

"¡Oye! ¡Oye!" dijeron Aida y Bahm a Atticus.

Atticus se dio la vuelta rápidamente mientras estaba de pie sobre las consolas. La oscuridad del espacio hacía que la piel de Aida brillara aún más, y Atticus se preguntaba cómo se vería bajo el sol de su mundo natal, Stie Lux. Sus ojos estaban brillantes y curiosos después de dormir.

"Aida, ¿cómo llegaste a la sección delantera del Saltador Estelar?" dijo Atticus.

"Todo buen habitante de Fina ha aprendido cómo acceder a puertas y abrir cerraduras antiguas," se burló Aida.

Atticus se infló y tragó su orgullo al darse cuenta de que podría estar enamorándose de esta mujer, una persona que había sido esclavizada. En ese momento, estaba más preocupado por los pings, y realmente quería que Aida saliera del centro de mando de la nave y de la sección del piloto. Atticus suspiró.

"Ahora, vuelve a dormir o toma algo de comida," dijo Atticus.

"¿Qué son esos sonidos?" dijo Aida.

"Son los escáneres detectando objetos en el espacio," declaró Atticus.

Aida miró intensamente las pantallas. Atticus sintió la intensidad de su mirada. Pensó que había más en Aida de lo que ella le había contado. Algo realmente extraordinario.

Una alarma sonó en el centro de mando. Atticus se puso de pie con atención, y Aida se acercó a las consolas. Los ojos de Atticus saltaron de pantalla en pantalla. Lo que vio lo hizo alegrarse de estar en un Saltador Estelar.

"¿Qué hay ahí fuera?" preguntó Bahm.

"Parece que tenemos amigos que se acercan," dijo Atticus sarcásticamente.

"Gracias, pero no, gracias por tu sarcasmo," gruñó Aida.

Aida cruzó los brazos y se apoyó contra la pared del Saltador Estelar. Comenzó a escuchar las instrucciones y comandos que Atticus le daba a Bahm. Estos eran humanoides haciendo cosas típicas de humanoides en esta situación.

"¿Tal vez pueda ayudar?" dijo Aida.

Atticus mandó a Aida al módulo de pasajeros del Saltador Estelar. Se sentó en la silla del copiloto para contarle a Bahm lo último sobre los objetos que estaban detectando acercándose. Atticus notó que las manos de Bahm estaban temblando.

"¿Sabes dónde estamos?" cuestionó Atticus.

"Estamos cerca de la Nebulosa Utopiana, dirigiéndonos hacia los Mundos Independientes," respondió Bahm ansiosamente. Sus ojos rebotaban de instrumento en instrumento frente a él. Atticus miró los colores distantes de la nebulosa.

El Saltador Estelar se sacudió de repente. Aida soltó un grito de sorpresa, y los Itors se despertaron rugiendo y gritando preguntas sobre la condición del Saltador Estelar. Atticus se apresuró hacia la consola de ciencia y operaciones.

"Un cañón de iones nos ha alcanzado," dijo Atticus, "Recibimos impactos en los niveles 3, 4 y 5, y en el área de carga. ¡Seguimos estables!"

"¿Quién abrió fuego?" dijo Bahm.

"Estoy tratando de identificarlos," dijo Atticus.

"Parecen ser cazas imperiales Crinix," dijo Atticus con valentía.

"¿Qué están haciendo aquí?" dijo Bahm.

"He oído que el Imperio Crinix se ha estado inclinando hacia el lado de los kernanitas debido a las consecuencias de la guerra," agregó Aida.

"Intentaré abrir un enlace de comunicación con ellos," dijo Atticus.

El Saltador Estelar volvió a sacudirse violentamente. Aida se aferró accidentalmente a Atticus. Él la miró con curiosidad.

"¿Parece que se están retirando?" exigió Bahm.

"No, no lo parece," declaró Atticus, "Así que parece que tenemos una pelea en nuestras manos, o necesitamos intentar sacudirlos."

"Estaremos dentro de la Nebulosa Utopiana en unos 15 clics," dijo Bahm.

Brillantes destellos de luz pasaban zumbando cerca del Saltador Estelar. Bahm comenzó a intentar sacudir a los cazas imperiales Crinix. Aida se dirigió al módulo de pasajeros.

"No hay nada que ver aquí, Llub," dijo Aida cuando el Itor se acercó al centro de mando.

"¿Qué está pasando? ¿Estamos recibiendo fuego enemigo?" dijo Llub.

"Podrías decir eso, pero todo está resuelto. Estaremos dentro de la nebulosa en 15 clics," consoló Atticus.

Llub no parecía convencido. Luego miró a Aida intensamente y soltó un gruñido.

"Tú, Humar," dijo, "Tienes poderes especiales. Ahora sería un buen momento para usarlos."

"Tengo poderes especiales, tal vez, pero no hay necesidad de apresurarse," provocó Aida.

"Estoy acelerando hacia la nebulosa," dijo Bahm.

Cuando sintieron la propulsión lanzarlos hacia la nebulosa, el Saltador Estelar giró fuera de control y se detuvo justo dentro de la nebulosa. Atticus y Aida cayeron al suelo. Llub fue lanzado de vuelta a la sección de pasajeros. Bahm seguía a salvo en su asiento.

"¿Qué acaba de pasar?" dijo Bahm.

Atticus se levantó rápidamente y miró las consolas de operaciones y ciencia. Aida también se levantó y fue hacia donde Atticus estaba en el módulo de mando. Llub regresó al centro de mando.

"Parece que nos golpearon con algún tipo de gancho de agarre," dijo Atticus.

"¿Podemos deshacernos de él?" dijo Bahm.

"Sí, podemos, pero necesitamos algún tipo de fuerza externa para romperlo," dijo Atticus.

"El Humar debería ayudar," dijo Llub.

"Deja de mencionar mis supuestos poderes especiales, o podrías empezar a experimentarlos, Llub," dijo Aida.

Atticus apretó la mandíbula. ¿Podría Aida ayudar? Atticus ingresó algunos datos e hizo algunos cálculos.

"Entonces, ¿podrías ayudarnos, Aida?" exigió Atticus.

"Supongo que podría," dijo Aida con un tono tembloroso. Se puso nerviosa al mostrar sus habilidades especiales.

No siempre le pedían usar su telequinesis.

"¿En qué puedo ayudar, Aida?" dijo Bahm.

"Intenta propulsar el Saltador Estelar, pero deja que el gancho tenga algo de holgura," dijo Aida.

Aida fue a las estaciones de operaciones y ciencia. Miró una pantalla digital que mostraba el gancho de agarre. Necesitaba una ubicación específica, así que también encontró las coordenadas de los cazas imperiales Crinix.

El capitán Bahm aceleró el Saltador Estelar. Tan pronto como se detuvo, Aida cerró los ojos y pronunció palabras que Atticus y Llub no podían escuchar.

Sonidos de metal rechinando y estallando llenaron el aire. Bahm miró algunos sensores, que mostraban que el gancho de agarre comenzaba a ceder. Aida presionó su mano contra su sien y tocó las estaciones de operaciones y ciencia.

"Casi allí," exclamó Bahm.

Aida comenzó a parecer exasperada, pero de repente, el Saltador Estelar se lanzó hacia adelante y giró más profundamente en la nebulosa, perdiendo a los cazas imperiales Crinix. Bahm se tomó un tiempo para orientar correctamente el Saltador Estelar.

Todos revisaron sus consolas y sensores para ver si los cazas imperiales Crinix seguían allí.

"¿Impresionado?" sugirió Aida a Atticus.

"Estoy un poco impresionado," admitió Atticus, "Nunca pensé que una Humar tuviera tanto valor."

"Bueno, no todos somos misteriosos saltadores de estrellas de la galaxia," declaró Aida.

"Deberíamos continuar nuestro camino hacia el rey Kuckgo de esta nebulosa," gruñó Llub. "Necesitamos un paso más seguro, ya que los aliados de los kernanitas nos han encontrado."

"Estoy de acuerdo con Llub," dijo Bahm.

"Necesitamos enviar una sonda para alertarles de que nos dirigimos hacia ellos," dijo Llub.

Atticus miró su consola. Este Saltador Estelar solo tenía dos. Miró cuánto combustible tenían y seleccionó la primera. El Saltador Estelar se sacudió cuando la sonda fue lanzada. El capitán Bahm encendió los motores del Saltador Estelar y siguió en dirección de la sonda.

El resto de los Itors estaban alrededor de una mesa comiendo. Sus gruñidos y resoplidos se escuchaban por todo el Saltador Estelar. Aida, Atticus y Llub estaban sentados junto a ellos, pensando en qué hacer a continuación ahora que los enemigos los habían visto.

"¿Crees que el rey Kuckgo todavía nos recibirá y nos dará refugio por un tiempo?" dijo Aida.

"Es difícil saberlo ahora. Quienquiera que haya revelado nuestras coordenadas es ciertamente un enemigo," dijo Llub.

Atticus mantuvo la cabeza baja y pensó en todas sus experiencias en los otros mundos, especialmente ahora que se dirigían de regreso a los Mundos Independientes. Miró a Aida; por lo que Atticus podía deducir, pronto ella dejaría de ser esclava. Llub y los demás estaban listos para su destino. Atticus regresó al módulo de mando.

"¿Qué tenemos en los sensores?" dijo Atticus a Bahm.

"Tenemos algo de escombros entrando por la parte trasera, aparte de eso, está bien," confortó Bahm.

"¿De dónde vienen los escombros?" preguntó Atticus.

"Parecen ser de un viejo astillero en la nebulosa," dijo Bahm.

"¿Hay algo ahí que podamos usar?" dijo Atticus.

"Me alegra que lo preguntes, porque apenas tenemos que ajustar nuestro curso para alcanzarlo. Seguiremos en el horario previsto," comandó Bahm.

Mientras Atticus miraba por las ventanas del módulo de mando, podía ver los restos de miles de naves. Algunas databan de antes de la unificación de los mundos conocidos. Esperaba encontrar algo de combustible.

"¿Dónde podemos aterrizar?" demandó Atticus.

"No hay lugar para aterrizar. Tendrás que acercarte con un traje espacial hasta donde apuntan nuestros sensores," intervino Bahm.

"¡Estamos buscando combustible!" dijo Atticus a todos. "¿Alguien quiere hacer un desvío?"

Algunos de los Itors levantaron la mano. Llub fue uno de ellos. Atticus miró a Aida, y ella solo le guiñó un ojo.

"Bien, necesitamos ponernos nuestros trajes y asegurarnos de que todos se mantengan en comunicación," ordenó Atticus.

Atticus miró una computadora, y luego algunos datos se transfirieron a una tableta que estaba sobre la consola. La computadora había encontrado varios lugares donde se habían detectado firmas de combustible. Todos se alinearon en la parte inferior del Saltador Estelar para hacer una caminata espacial.

Atticus solo había sido propulsado por el espacio con un traje una vez antes, y le sorprendió lo fácilmente que la tarea podría salir mal. Llub y otros dos Itors parecían inflados en sus trajes. Permanecieron en silencio.

"¡1, 2, 3... ¡Vamos!" gritó Atticus.

Abrió la puerta hacia el exterior, y Atticus y los Itors fueron empujados fuera del Saltador Estelar debido a la descompresión. Atravesaron la longitud de un crucero de batalla hacia el astillero debajo del Saltador Estelar. Atticus y los Itors sacaron sus dispositivos de sensores. Encontraron una nave civil, y parecía que todavía tenía grandes cantidades de combustible almacenadas.

"Vamos a ir por el crucero civil," comunicó Atticus.

Los Itors se alinearon detrás de él mientras se preparaban para aterrizar en el crucero. Atticus y los Itors prepararon sus botas de gravedad. Tan pronto como estuvieron a distancia de correr del crucero, las botas de gravedad se adhirieron al metal del crucero. Atticus estaba respirando con suspenso, y los Itors también.

"¿Cómo estuvo eso?" dijo.

"¡Fue un paseo emocionante! ¿No es eso lo que ustedes los luxianos de Stie llaman?" dijo Llub.

"No exactamente," dijo Atticus educadamente mientras sostenía su cabeza y presionaba el botón de comunicación.

"Entonces, necesitamos la puerta más fácil, escotilla de escape o bodega de carga," dijo Atticus.

"Estoy detectando dónde está el combustible. Parte de él está en una bodega de carga a unos 50 rumas de aquí," dijo uno de los Itors.

Atticus obtuvo las direcciones de los Itors y se dirigió hacia donde los sensores indicaban que estaba el combustible. Cuando llegaron a la bodega de carga, Atticus introdujo algunos números en la computadora en su muñeca. La computadora en su muñeca abrió la bodega de carga. Un campo de fuerza seguía en su lugar. Atticus hizo más escaneos. Encontraron un punto de entrada.

"¡Por aquí! Encontré un punto de entrada donde podemos entrar al crucero sin temor a la descompresión," ordenó Atticus.

Los Itors reconocieron y siguieron a Atticus. Llegaron al punto de entrada y pasaron por la presurización para entrar al crucero. Algunas de las luces parpadeaban en el punto de entrada. Atticus tocó una puerta con su computadora de muñeca.

"Los sensores detectaron el combustible justo adelante," dijo Atticus.

Cuando llegaron a la bodega de carga, estaba oscuro. Los pulsos de Atticus y los Itors se elevaron. Atticus devolvió la información médica al Saltador Estelar en caso de necesitar asistencia. Uno de los Itors dudó.

"Algo no está bien," dijo el Itor. Los Itors eran conocidos por tener grandes sentidos, así que Atticus confió en él. Llub y Atticus sacaron una barra de luz de sus trajes. Mostraron la luz alrededor de la bodega de carga.

"¿Qué es esto? ¿Qué pasó aquí?" dijo Llub con una voz preocupada. Y, en general, los Itors no suelen preocuparse. Atticus dio algunos pasos más hacia adelante. Lo que encontró lo aterrorizó.

"Estos son soldados muertos de la Unión Estelar," dijo Atticus con una voz de sorpresa. Pasó la barra de luz sobre sus cuerpos. Contó once cuerpos.

"¿Crees que eran una tripulación?" dijo Atticus a Llub.

"No hay forma de saberlo, pero es inusual que encontremos muerte en la Nebulosa Utopiana," dijo Llub.

Quienquiera que hubiera hecho esto a estos soldados, pensó Atticus, debía tener algo en contra de la Unión Estelar. Inmediatamente pensó en su seguridad. El capitán Bahm había sido soldado y capitán en la Unión Estelar. Atticus inmediatamente tocó su dispositivo de comunicación para hablar con Bahm.

III

La sangre manchaba la ropa de los soldados muertos encontrados en el crucero civil. Llub, Atticus y los otros Itors examinaron más detenidamente la bodega de carga. Parecía que se habían disparado cañones de iones en ambos lados de la sala. Un Itor agarró algo que parecía una placa de identificación de uno de los soldados caídos.

"Estos no son soldados ordinarios. Son soldados de operaciones especiales," afirmó el Itor.

Atticus no había recibido un mensaje del capitán Bahm, así que decidió escanear el área para enviar datos holográficos. El crucero civil se estremeció de repente. Los sonidos escalofriantes del casco estresado cediendo llenaron la sala. El crucero también carecía de un escudo adecuado.

"Sugiero que volvamos al Saltador Estelar," ordenó Atticus, "Podemos acceder a más información de las placas de los soldados. Volveremos por donde entramos al crucero."

"¿Y el combustible?" dijo Llub.

"Podemos descomprimir la bodega de carga y etiquetar las celdas de combustible. Flotarán hacia el espacio, y podremos recoger las celdas de combustible de forma robótica desde el Saltador Estelar," sugirió Atticus.

"Eso suena bien," dijo Llub.

Los otros Itors regresaron al interior del crucero de batalla. Atticus y Llub también lo hicieron. Primero se aseguraron de que las celdas de combustible fueran expulsadas del crucero cuando llegaron a la entrada. Estuvieron de vuelta en el Saltador Estelar en poco tiempo. Y, con la ayuda de Atticus, el capitán Bahm pudo reunir las celdas de combustible.

Las tensiones eran altas entre Atticus y Bahm. Bahm no sabía nada de lo que habían encontrado, pero los soldados de operaciones especiales parecían estar buscando algo. Atticus se puso nervioso mientras pensaba en los soldados muertos que había encontrado. Estaba contento de ser de los Mundos Independientes, y su gente no gustaba de la violencia.

"¿Encontraste algo?" dijo Aida.

"Nada, solo combustible," afirmó Atticus.

Los Itors estaban cansados de la misión al crucero. Buscaron más comida en el Saltador Estelar. Atticus fue al módulo de mando, y Bahm retomó su asiento en la silla del piloto.

"Entonces, ¿hacia dónde nos dirigimos, Atticus?" cuestionó Bahm.

"En dirección a la sonda y al planeta del rey Kuckgo," dijo Atticus.

"Excelente. Tenemos combustible y nadie en nuestro rastro," dijo Bahm.

Atticus se rió nerviosamente mientras sacaba las imágenes de los soldados de su mente. Sabía que el capitán Bahm era un hombre militar condecorado que también había realizado misiones de operaciones especiales. Todo volvería a tener sentido una vez que llegaran al rey Kuckgo.

El capitán Bahm cargó los motores, y se lanzaron a través de la nebulosa nuevamente. Los Itors y Aida se quedaron dormidos otra vez. Atticus se sentó en la silla junto al capitán Bahm para que pudieran alternar las tareas de pilotaje. Los Itors nunca dirían lo que encontraron en el crucero, ¿verdad? Después de dos o tres turnos de pilotaje, Atticus se cansó de pilotar y regresó a los módulos de ciencia y operaciones para ver cuán cerca estaban del planeta Jeolt, de King Kuckgo.

La sonda alcanzó al Saltador Estelar antes de llegar a Jeolt. Atticus estaba en la bodega del Saltador Estelar, revisando la sonda y descargando datos. Pasó varias horas buscando más información sobre los kernanitas y sus aliados que los seguían, pero no surgió ninguna información.

La nebulosa y sus colores se mezclaban entre sí y seguían volando más allá de las ventanas del Saltador Estelar. Todavía estaban en hiperimpulso. Jeolt estaba dentro del alcance de sus sensores. Atticus seguía preocupado por los soldados muertos en el crucero civil. Estaban buscando algo, pero no sabía qué.

Atticus estaba terminando con la sonda cuando el Saltador Estelar salió del hiperespacio. Nubes verdes se arremolinaban sobre los continentes amarillos y marrones de Jeolt, y un mar púrpura les daba la bienvenida. Varias naves de combate jeoltianas empezaron a guiar al Saltador Estelar hacia un puerto espacial.

El Saltador Estelar atracó, y todos inmediatamente parecían más relajados. Bahm salió de la silla del piloto, Atticus lo siguió, y los demás esperaron pacientemente a que la tripulación saliera del Saltador Estelar.

En el puerto espacial, encontraron traductores y sus mundos natales fueron reconocidos con sus identificaciones. Solicitaron ver al rey Kuckgo. Un embajador apareció ante ellos en una sala de espera.

"Amigos," dijo, "Han solicitado reunirse con el rey Kuckgo. Es una gran demanda. ¿Les importa si pregunto por qué?"

Atticus extendió la mano y dijo: "Hola, soy Atticus Lokar de Stie Lux. Conocerle y estar entre los súbditos del rey es un placer. Hemos solicitado seguridad aquí por un tiempo."

El jeoltiano parecía desconcertado. Sus orejas de perro apuntaron hacia abajo, y su piel cambió de color, haciendo que pareciera tener lentejuelas. Los jeoltianos eran conocidos por su emotividad y perspicacia. Sacando una libreta electrónica, el embajador escribió alguna información.

"Muy bien," dijo el embajador, "Soy el embajador Neuralla. Es un placer conocerlos a todos."

Aida y los Itors parecían inquietos. No les gustaba la formalidad de la ocasión. Al capitán Bahm le gustaba aún menos, ya que tenía una expresión perpetua de preocupación.

"¿Qué pasará con nuestro Saltador Estelar?" preguntó Bahm.

"Permanecerá aquí mientras estén en Jeolt," dijo Neuralla.

El embajador extendió las manos y mostró al equipo del Saltador Estelar el camino hacia una nave de transporte. Abordaron la nave y aterrizaron de forma segura en Zi'Chu, la capital de Jeolt. El capitán Bahm salió del transporte y miró alrededor del muelle del espacio y del aeropuerto. Multitudes de personas pasaban frente a él. Atticus y los demás lo siguieron.

"Parece que lo logramos," dijo Bahm.

Puso su brazo alrededor de Atticus. Aida caminó hacia ellos y se puso a su lado. Cuando los Itors bajaron del transporte, algunos peatones mostraron interés y otros miedo al ver a los fieros pero dóciles Itors.

"¿Cuándo nos dirigiremos al rey Kuckgo?" dijo Llub.

"Esperen, necesitamos acostumbrarnos a nuestro entorno," dijo Bahm.

Atticus encontró un transporte terrestre libre para llevarlos al palacio. Reunió a todos y le dijo al conductor que estaban listos. En pocos segundos, volaban entre las vistas y sonidos de Zi'Chu.

Cuando el transporte terrestre aterrizó frente al palacio, Bahm le dio una propina al conductor. Se encontraron con algunos estadistas que les indicaron dónde encontrar a los funcionarios de la corte y al rey Kuckgo. El palacio era impresionante tanto por dentro como por fuera del complejo.

El rey Kuckgo fue encontrado reclinado en su jardín. Atticus y Bahm carraspearon al acercarse al rey. Podían notar que estaba de buen humor. Su piel de lentejuelas arcoíris se movía suavemente por su cuerpo. El rey Kuckgo llevaba un visor de realidad virtual para jugar algunos juegos de placer. Sus orejas se levantaron cuando notó que Bahm, Atticus y los demás se acercaban a él. Atticus tosió de nuevo.

"Su alteza real, rey Kuckgo, somos unos viajeros en esta galaxia y solicitamos seguridad en su planeta y en su ciudad capital," dijo Atticus con confianza.

"Directo al grano, ¿eh?" murmuró Bahm por lo bajo.

El rey Kuckgo se quitó el visor. Algunos asistentes cambiaron un plato de comida por otro, y otro asistente lo abanicaba suavemente. Agarró una bebida y luego miró a la tripulación del Saltador Estelar.

"Hay muchos viajeros en esta galaxia. ¿Qué los hace tan especiales?" cuestionó el rey Kuckgo.

"Todos creemos que sería de su mayor interés otorgar seguridad a los viajeros en un Saltador Estelar," sonrió Atticus.

"¿Y quiénes son ustedes exactamente?" provocó el rey Kuckgo.

"Este es el capitán Bahm de la Unión Estelar y Aida, una Humar que solía vivir en Fina. Y un grupo de Itors liderados por Llub de Vinosa. Son los Itors más honestos y confiables que jamás conocerá, señor. Yo soy de uno de los Mundos Independientes llamado Stie Lux," afirmó Atticus.

El rey Kuckgo los miró uno tras otro. Su interés pareció aumentar a medida que avanzaba la presentación. Se lamió los labios y tomó una fruta del plato a su lado. Todos miraban al rey con seriedad.

"Todos ustedes están lejos de casa. En cuanto a lo que espero... Acabo de conocer a alguien de la Unión Estelar y de los Mundos Independientes. Dos situaciones políticas completamente diferentes. Supongo que han molestado a algún renegado, o los kernanitas los están buscando," dedujo.

Aida agarró el brazo de Atticus. Parecía preocupada. El rey Kuckgo la miró de cerca. Su piel blanca brillaba a la luz. Sus ojos verdes miraron fijamente a Atticus por un momento.

"Esto no está saliendo como lo planeamos," afirmó Aida. "Está poniendo demasiada resistencia."

"Entonces, ¿cuál es su decisión, su alteza real?" dijo Bahm.

"He decidido otorgarles paso seguro y refugio, si y solo si no trajeron problemas con ustedes. Mi ejército realizará una inspección de seguridad de su nave y un escaneo profundo de la nebulosa. Ahora son míos," exclamó el rey.

Atticus bajó la cabeza y trató de suprimir el sentimiento de que, de alguna manera, su libertad estaba siendo arrebatada. No había signos de problemas, solo los soldados de operaciones especiales de la Unión Estelar muertos en el crucero civil. El rey se incorporó de su reclinatorio.

"Muchas gracias, su alteza real," dijeron los Itors juntos con voces profundas.

Atticus y el grupo estaban a punto de seguir a algunos funcionarios de la corte cuando lo que parecían ser berserkers de los Ocho Clanes de Kiva aparecieron de la nada. Atticus y todos se congelaron en su lugar. El personal que custodiaba al rey abrió fuego contra los cinco. El capitán Bahm sacó su pistola de iones y ordenó a Aida que se agachara detrás de una roca en el jardín. Atticus lo siguió. Uno de los berserkers golpeó a un Itor. Los Itors se dispersaron y luego sacaron algunas armas que Atticus nunca supo que tenían.

"Puede que sea honesto y de confianza, pero no soy un tonto," dijo Llub mientras disparaba algunos tiros a los berserkers.

Un rayo de iones rozó la roca frente a Atticus y al capitán Bahm. Atticus respiraba con dificultad. Necesitaba calmarse y pensar en quién podría estar atacándolos. El capitán Bahm mantuvo su posición. Él y Llub se movieron hacia los berserkers. De repente, algunos miembros del personal de defensa jeoltiana cayeron heridos.

El rey Kuckgo estaba con ellos cuando cayeron y rápidamente corrió hacia el otro lado del palacio. Era demasiado tarde. Un berserker se materializó junto a él y lo mató de un disparo. Los Itors rugieron de lamento, y Aida soltó un grito estremecedor. Luego, los berserkers desaparecieron. Humo y brasas de fuego llenaron el jardín.

Atticus seguía detrás de la roca. El ataque sorpresa lo había dejado sin sentido. Despertó desorientado. Comenzó a recordar otras situaciones similares de su infancia. El capitán Bahm corrió hacia el lado del rey Kuckgo.

La sangre goteaba de la boca del rey. Bahm le colocó una placa médica para aliviar su dolor y estabilizar su cuerpo. El rey Kuckgo comenzó a balbucear algo.

"Yo sé… lo que buscan… inmortalidad," dijo el rey Kuckgo.

"¿Qué sobre la inmortalidad?" exclamó Bahm.

Llub corrió hacia su lado y rugió de nuevo. El rey estaba ahora muriendo. Los asistentes y familiares del rey salieron del palacio. Soltaron gritos de horror y lamento.

Atticus seguía detrás de la roca, pero lo único en lo que podía pensar era en Aida y en los soldados muertos del crucero. Al mantenerse en silencio, había puesto en riesgo la vida de Bahm y Aida.

Aida finalmente se puso de pie, sus piernas temblaban por el repentino ataque. Miró hacia Atticus, pero sus ojos seguían cerrados. Murmuraba para sí mismo, deseando que esto no hubiera ocurrido. Deseaba estar de vuelta en Fina.

Los familiares del rey y los asistentes de la corte se acercaron a él. Se volvían más desesperados a medida que la vida del rey se apagaba. Algunos empezaron a señalar y gritar.

"¿Ese es un soldado de la Unión Estelar?" dijo uno.

"¡Asesinó al rey! ¡Muerte a la Unión Estelar!" dijo otro.

Aida se acercó a atender a uno de los Itors, que había recibido un impacto de rayo de iones. El capitán Bahm leyó las lecturas en la placa médica. Llub se levantó y reunió a los otros Itors. Estaban atrapados.

Atticus finalmente recuperó el sentido. Pensó en su plan de regresar a casa. Apartó esos pensamientos mientras se acercaba al rey y sacaba su pistola de iones para proteger a Llub y al capitán Bahm.

El rey Kuckgo seguía balbuceando, pero luego se detuvo. La placa médica quedó en silencio. El capitán Bahm y Llub se acercaron a Atticus y lo apartaron del alboroto.

"¿Crees que deberíamos decirles que vimos a los soldados muertos de la Unión Estelar?" dijo Llub. "¿Qué crees que significaba encontrarlos en ese crucero civil?"

"Fue una advertencia, Llub. Alguien quiere destruir la Unión Estelar, y la misma Unión Estelar estaba detrás de algo," dijo Atticus en voz baja.

El capitán Bahm no se alejó mientras el rey Kuckgo estaba muriendo. ¿Era cierto que la Unión Estelar podría estar detrás de algo? pensó Atticus. Bahm apartó a los otros jeoltianos. La multitud finalmente se calmó, y Bahm retrocedió y dejó que los médicos jeoltianos y los asistentes médicos atendieran al rey Kuckgo. Se apartó, enfrentándose a todo lo que estaba sucediendo.

Se acercó a donde estaban Atticus y Llub.

"¿Qué no me has estado diciendo?" exigió Bahm.

"Nada. Nada," dijo Atticus, defendiéndose.

Llub se veía incómodo con las preguntas de Bahm. Bufaba cada vez que veía a otro jeoltiano lanzarle una mirada de enojo. Aida se cubrió la boca con sorpresa y se acercó a Bahm.

"Odio sonar obvia, pero ¿crees que alguien nos está persiguiendo?" dijo Aida.

"Sí, ahora sí. El rey dijo que querían algo sobre la inmortalidad. Lo único que tiene algo que ver con la inmortalidad a donde vamos está en Ergo. Se llama el Cáliz de la Vida," informó Bahm.

A Atticus no le gustaba hacia dónde iba esto, por lo que parecía en la mente del capitán. Todo apuntaba a él durante esta tragedia, incluido el crucero civil. ¿Quién está detrás de qué? pensó Atticus.

El capitán Bahm tenía una expresión perpleja en el rostro y luego miró a Atticus.

"Hoy en día todos quieren algo de todos. Los kernanitas quieren algo grande. Y los otros poderes de la galaxia se han alimentado del conflicto de la conquista de los kernanitas," supuso Bahm.

Atticus intentó hackear el sistema de seguridad del palacio para ver si había algún peligro. Desafortunadamente, la noticia del ataque al rey se había extendido en la capital. El grupo podía escuchar gritos exigiendo la sangre del soldado de la Unión Estelar y de todos los demás. Atticus y Llub se miraron. Parecía que ya no podrían mantener su secreto por más tiempo.

IV

La procesión fúnebre del rey Kuckgo serpenteaba por la capital. Los viajeros del Saltador Estelar miraban desde un balcón de una suite real proporcionada por el embajador Neuralla, quien fue llamado cuando la multitud comenzó a acusar al capitán Bahm, a Atticus y a los demás de asesinar al rey Kuckgo. A pesar de su relación cordial con el embajador, el grupo ya no se sentía bienvenido en Jeolt. El capitán Bahm había permanecido en silencio después del ataque al rey Kuckgo y apenas hablaba con Atticus. Hoy, Atticus decidió calmar su relación con el capitán Bahm.

"¿Tienes un minuto?" dijo Atticus a Bahm.

Bahm parecía estar tratando de disimular un ceño fruncido en su rostro. Continuó mirando hacia el balcón y cruzó los brazos sobre su pecho. Soltó un suspiro.

"¿Qué no me has estado diciendo, Atticus? Ahora está claro que los kernanitas y sus aliados nos están siguiendo," declaró Bahm.

Atticus intentó no mostrar su nerviosismo. Bahm lo miró intensamente. Luego, miró hacia otro lado.

"Fue el astillero y el crucero civil que encontramos, ¿verdad?" cuestionó Bahm.

"Bueno... yo... yo," tartamudeó Atticus.

Bahm agarró la ropa de Atticus en su pecho. El capitán lo miró directamente a los ojos. Atticus le devolvió la mirada intimidante.

"Encontramos algunos soldados muertos de la Unión Estelar. Eran de operaciones especiales y fueron disparados," dijo Atticus.

"¡Qué! ¿Soldados muertos de la Unión Estelar?" dijo Bahm.

"No te lo dijimos porque... porque...," dijo Atticus.

Atticus no pudo pensar en una razón para su silencio sobre los soldados. Bahm aflojó el agarre de su ropa. Una expresión de consternación se formó en el rostro de Bahm.

"¿Por qué crees que los soldados estaban muertos?" dijo Atticus.

"Fue una advertencia. Aunque los mataron en medio de la Nebulosa Utopiana, se supone que estamos a salvo. Deben haber llamado la atención de los Crinix o de los Clanes."

"El ataque y la muerte del rey Kuckgo es un golpe de alto perfil contra la paz y el orden de la galaxia," declaró el capitán Bahm.

"¿Qué hacemos ahora?" dijo Atticus.

"Necesitamos salir de Jeolt y de la Nebulosa Utopiana, Atticus. Eso es lo que debemos hacer," respondió Bahm.

"¿Nos atacarán? Apenas estamos a medio camino de los Mundos Independientes."

"Este era el destino de los Itors," declaró Bahm.

"¿Qué encontraremos una vez que salgamos de la nebulosa?" dijo Atticus.

"Mond-Qu, un planeta de naciones antiguas, está en el camino," dijo Bahm, "Es un punto de parada para combustible, comida y otras necesidades. Proporcionan alimentos para gran parte de este lado de la galaxia."

"La gente de Mond-Qu es extremadamente religiosa," explicó Atticus.

"Necesitaremos detenernos allí por un tiempo para saber si los kernanitas se han expandido más en la galaxia si no los encontramos en el camino hacia Mond-Qu," dijo Bahm.

Atticus se preguntó sobre el Saltador Estelar. ¿Necesitamos una nave más equipada? Necesitamos armas, pensó.

Atticus se acercó a Aida. Ella se veía encantadora con unas túnicas que consiguió en el mercado. Parecía estar sumida en sus pensamientos.

"Entonces, ¿cómo te sientes? ¿Te quedarás aquí, Aida?" preguntó Atticus.

"Recuerda, mi destino son los Mundos Independientes. Nací en la esclavitud. Nunca he experimentado la libertad. Eso es lo que los Mundos Independientes siempre representarán para mí a pesar de todo este hablar de guerra."

"¿Entonces es una promesa que te quedarás con nosotros?" preguntó Atticus.

"Sí. Además, parece que necesitan una mano amiga."

"Los Itors se quedarán aquí."

"He oído que Llub se va a separar de ellos. Ya sabes, los Itors. Él siente un desafío."

El alboroto en las calles por la procesión fúnebre parecía haber disminuido, y Atticus y el resto de los viajeros se dirigieron a la suite real. Descansarían esa mañana y luego se dirigirían al puerto espacial que orbitaba Jeolt. Atticus encontró un lugar para acostarse que le pareció cómodo. Aida decidió dormir a su lado aunque ya no había más espacio.

Cuando el grupo despertó, los asistentes reales se aseguraron de que sus pertenencias fueran llevadas a bordo del Saltador Estelar. Transportaron a todos desde el suelo hasta el puerto espacial. El capitán Bahm negoció con los jeoltianos para equipar al Saltador Estelar con un nuevo sistema de guía y armas de iones.

El Saltador Estelar partió del puerto espacial jeoltiano. Atticus se sentó en la silla del copiloto, y Bahm parecía molesto de que lo hubiera hecho. Los ojos de Bahm permanecieron fijos en los increíbles colores de la nebulosa. Después de ingresar las coordenadas para salir de la nebulosa, activaron los motores y entraron en el hiperespacio.

Tardaron aproximadamente un día en salir de la Nebulosa Utopiana. Una vez que lo hicieron, el ambiente en el Saltador Estelar se sentía sombrío. Los ataques repentinos los habían desmoralizado.

Atticus se acercó a Llub en busca de compañía. Llub había planeado inicialmente quedarse con el capitán, Atticus y Aida. Llub estaba mirando a través de un visor de realidad virtual cuando Atticus se acercó.

"Entonces, ¿estás contento de haber decidido venir con nosotros?" preguntó Atticus a Llub.

Llub parecía incómodo. Gruñó, se quitó el visor y lo colocó sobre una mesa frente a él. Llub, como Itor, no parecía tan amenazado como los demás por el ataque.

"Sí, estoy contento de viajar a los Mundos Independientes. No sabemos nada sobre por qué los kernanitas están en movimiento o quién tomará su lado a continuación. Podrían estar detrás de mí por lo que sé. No soy un sacerdote santo," advirtió Llub.

"Oh," dijo Atticus, "No estás convencido de que los kernanitas hayan cesado sus movimientos de agresión en la galaxia."

"Puedo juntar las piezas de la situación. Las únicas personas con las que tengo algo en común son los soldados muertos de la Unión Estelar que vimos en el crucero. Yo mismo fui piloto de un Saltador Estelar," informó Llub.

"Piloto de Saltador Estelar o no. Ahora eres uno de los nuestros. Alguien que solo intenta abrirse camino en la galaxia," opinó Atticus.

Atticus escuchó al capitán Bahm llamarlo a través de su comunicador. Era hora de que Atticus tomara la silla del piloto. Atticus no estaba tan ansioso. Aida miró a Atticus con calma.

No se había sentado en una silla de piloto en un tiempo. El sistema de guía parecía funcionar, y el Saltador Estelar en general parecía estar en excelentes condiciones. Revisó el sistema para ver si había alguna nave en las cercanías.

"Llegaremos a Mond-Qu en un día," informó Bahm.

Atticus se relajó un poco y revisó si había transmisiones entrantes desde Mond-Qu. No había ninguna. Por alguna razón, Aida estaba en la consola de ciencia y operaciones.

Cuando recibieron transmisiones de Mond-Qu, Atticus se alegró. Era una transmisión pacífica llena de religiosidad de Mond-Qu, y no había señales de los kernanitas.

Cuando el Saltador Estelar salió del hiperespacio cerca de Mond-Qu, pudo ver los colores de las nubes arremolinándose de una manera similar al mármol. Era un planeta exuberante lleno de agricultores y tecnócratas religiosos.

Atracó el Saltador Estelar en un puerto espacial que orbitaba el mundo. En lugar de un embajador, un monje los recibió. Sus largas túnicas de color crema caían sueltas sobre su cuerpo. Era un Uroc, una raza secreta de la que se sabía poco en la galaxia. Las hendiduras en su garganta eran branquias que los Urocs usaban en su mundo natal, ya que eran semiacuáticos.

"¡Bienvenidos a Mond-Qu! Mi nombre es Bescur. Soy de la orden religiosa llamada los Venit," dijo solemnemente.

Se inclinó ante el grupo de Atticus, y todos se miraron entre sí, pero luego correspondieron. Atticus no quería hacer enemigos que violaran el código de una religión, así que dejó que el capitán Bahm tomara la iniciativa.

"Hola, soy el capitán Reno Bahm de la Unión Estelar," dijo Bahm.

"Hemos oído hablar de ustedes. Nos enteramos del ataque al rey Kuckgo, y su vida fue arrebatada."

Atticus inmediatamente se puso derecho y formal. No quería que los Urocs no les permitieran entrar en Mond-Qu. Eran los guardianes y sacerdotes de este mundo. Tenían el título de Dol.

"Dol Bescur," dijo Atticus con ansiedad, "Apreciamos las formalidades y la cordialidad, pero necesitamos ponernos en marcha."

"Muy bien. Hay un pueblo en el continente más al sur que podría acogerlos. Hay un monasterio allí. Es un buen lugar. Hace frío allí ahora mismo, pero pronto se calentará lo suficiente," dijo Dol Bescur.

"Gracias. Muchas gracias," Atticus juntó sus manos en señal de agradecimiento y se inclinó.

El grupo de cuatro abordó un transbordador con destino al pueblo. Las nubes pasaban rápidamente a su lado, y cuanto más se acercaban al suelo, más se podían ver los gigantescos serpientes voladoras. Doblaban sus cuellos y cuerpos en forma de sacacorchos y se impulsaban más lejos.

El transbordador aterrizó en una plataforma. Y, tan pronto como se apagó, las puertas se abrieron. Atticus salió corriendo en éxtasis. Bahm lo miró con curiosidad.

"Pensé que yo—quiero decir—Nosotros—no lo íbamos a lograr," dijo Atticus.

Aida también parecía agradecida, a diferencia de Llub, que estaba tan orgulloso como siempre. Dol Bescur se quedó con ellos para asegurarse de que sus necesidades fueran atendidas. Encontraron el monasterio, y había espacio para cuatro.

Atticus podía escuchar el agua fluir. Había un arroyo cerca del monasterio. A lo lejos, podían escuchar el bullicio de un pueblo. La gente de Mond-Qu permitía que la mayoría de las especies de la galaxia adoraran su fe con ellos. Atticus y Aida decidieron dar un paseo por el monasterio. Parecía que sus ocupantes eran principalmente Urocs. Atticus llevó a Aida al arroyo. Ambos suspiraron aliviados.

Aida parecía estar disfrutando de su libertad. Los dos se tomaron de la mano. En momentos de libertad como esos, ella atraía a Atticus. Quería que ella fuera libre. Tan libre como él lo era en todos los mundos que había encontrado.

Atticus y Aida escucharon algunos chapoteos más abajo en el arroyo. Para su asombro, Llub estaba comiendo pescado con la boca. Aida se rió, y Atticus saludó para ver si Llub los reconocía. Lo hizo.

"Solo en mi mundo natal he visto tantas delicias de aspecto delicioso," dijo Llub.

"¿Estás seguro de que puedes comerlos?" cuestionó Atticus.

"Estoy seguro," dijo Llub.

Llub miró a los dos tomados de la mano. Al notar su afecto, prestó más atención a lo que estaba comiendo. El monasterio estaba detrás del río en una colina. Atticus podía escuchar cánticos. Él y Aida caminaron por los campos justo afuera del pueblo y cerca del monasterio. Mond-Qu era un mundo pacífico. Incluso los aldeanos eran pacíficos. Los dos entraron en el pueblo, y Atticus compró una corona de flores para Aida.

"¿Crees que llegaremos a Stie Lux y a los otros Mundos Independientes?" preguntó Aida preocupada.

"Estoy seguro. Pediré la bendición de uno de los monjes para que nuestro viaje sea seguro."

Aida y Atticus se recompusieron. Escucharon ruidos que se acercaban a ellos. Atticus se paró en medio de la calle, y Aida retrocedió por la intrusión. Atticus miró a la distancia, y luego enfocó su vista. Era un rufián del pueblo. Pensó que Mond-Qu vivía en armonía, pero parecía ser de otro planeta.

Atticus supo entonces que el hombre era un Pirna. Eran charlatanes como los Itors, pero también tenían un buen lado. Este Pirna estaba perturbando profundamente a los aldeanos.

Vio a Atticus. Luego gritó algo en un idioma que Atticus no podía entender. Señaló a Aida.

"Quiero a esa hermosa mujer," dijo.

"Bueno, no puedes tenerla," defendió Atticus.

El Pirna era de la misma complexión que Atticus, por lo que no se sintió intimidado. El Pirna empujó a Atticus, pero Atticus no le devolvió el empujón. No quería ser exiliado de Mond-Qu.

"¿Cuánto costará que la tenga? Mi nombre es Yort," preguntó el Pirna mientras tomaba aire.

"No puedes tenerla," afirmó firmemente Atticus.

"Es solo una Humar. Hermosa, pero una Humar al fin y al cabo," dijo Yort.

Yort se lanzó hacia Aida y no logró agarrar sus brazos. Aida gritó y se acercó al lado de Atticus. Luego se alejó de la pelea.

"No estoy en venta," dijo ella.

"Un dicho Pirna dice, 'Tus ojos te dirán lo que es bueno comprar. Y, nunca mienten'," la aduló.

Sacó lo que parecía ser un cuchillo ritual que podría haber obtenido del inframundo criminal y lanzó un tajo hacia Atticus y Aida. Hizo otro intento, y esta vez, Atticus bloqueó su brazo. Golpeando su brazalete de metal, Atticus llevó su brazo al suelo.

Yort gritó algo. Más Pirna aparecieron de la multitud. Parecían querer pelea. Atticus empujó a Aida fuera del camino y agarró el cuchillo de Yort.

Los otros Pirna se lanzaron contra Atticus, pero él los bloqueó a todos. Atticus les hizo gestos para que se retiraran, agitando sus brazos hacia arriba y hacia abajo para que vieran que habían perdido. Los Pirna se fueron. Yort evaluó a Atticus nuevamente.

"No eres de por aquí," presumió Yort.

"No, no lo soy," sonrió Atticus.

"Te daré una oportunidad más antes de atacarte," dijo Yort.

"Adelante," desafió Atticus.

Yort sacó un arma similar a un látigo y la blandió en el aire. Atticus luchó y agarró un pedazo largo de madera del carro de un aldeano. El arma de Yort voló repentinamente hacia Atticus, y Atticus sacó el pedazo de madera. El látigo se envolvió alrededor del pedazo de madera, pero Atticus ganó la ventaja en lugar de Yort. Yort cayó de cara al suelo y dejó escapar un gemido.

Había sido derrotado. Atticus agarró a Aida, y se marcharon del pueblo. Las lunas gemelas de Mond-Qu brillaban intensamente en el cielo nocturno. Aida y Atticus estaban en el porche abrazándose. Había pasado tiempo desde que Atticus había tocado lo femenino. Había sido atrapado en la emoción de estar tan lejos de casa y ser libre. No quería que nada arruinara este momento. El murmullo del arroyo le trajo consuelo.

De repente, alguien abrió la puerta del porche. Era Bahm. Sostenía algo de cerveza en la mano. Miró hacia otro lado de Aida y Atticus. Parecía desaprobar su cariño mutuo.

Se oía a Llub roncando en una de las habitaciones del monasterio. Bahm caminó hacia el arroyo. Y Atticus y Aida se separaron. Sabían que debían llegar a los Mundos Independientes primero y antes que nada. Sus vidas dependían de ello, pero Atticus sabía que el amor no tenía límites. Miró hacia el cielo nocturno. Filamentos de cúmulos de estrellas brillaban en el cielo nocturno. Bahm regresó al porche y se detuvo brevemente frente a los dos. Atticus nunca había visto a Bahm así. Buscó un gesto de aprobación, pero no hubo ninguno.

La noche continuó, y Atticus y Aida siguieron mirando hacia las estrellas. Lo que fuera que estuviera allí afuera no podría detenerlos ahora. O, al menos, eso pensaban.

# V

Atticus y Aida se despertaron en la misma habitación. En el ala adyacente del monasterio, olieron el desayuno cocinándose en una gran cocina. Se dirigieron a la sala del día para comer. Llub estaba cocinando el desayuno, pero Bahm seguía dormido. Aida observó la deliciosa comida que Llub estaba preparando. Luego, volvió su atención hacia Atticus.

"Entonces, quería preguntarte: ¿Qué dijo el rey Kuckgo antes de morir?" dijo Aida.

"Oh, nada, alguna vieja historia sabia sobre el Cáliz de la Vida, un supuesto objeto mágico. Está más allá de la ciencia de nuestro entendimiento actual."

"¿Oh? Nada está realmente más allá de nosotros en esta galaxia. Yo soy una Humar de Fina y entiendo la mayoría de las cosas."

"No es eso lo que quise decir. Algunas cosas están actualmente más allá de nuestro entendimiento galáctico. Además, tiene una religión que lo protege," afirmó Atticus.

"¿Qué religión?" Aida miró alrededor y sonrió. El capitán Bahm bajó las escaleras y se sentó al otro extremo de la mesa.

"Bueno, la gente de Mond-Qu se adhiere a la religión Cidnor y, supuestamente, protegió el Cáliz de la Vida hace siglos."

"¿Has estado alguna vez en un monasterio como este?" preguntó Aida.

"Nunca. Aunque deberíamos explorar más," dijo Atticus.

Llub quería comenzar una conversación con Bahm. Aida y Atticus continuaron conversando. Llub luego dirigió su conversación más hacia Bahm.

"Capitán, ¿esperaba que llegara tan lejos en este viaje y permaneciera con usted a pesar de nuestros desafíos?" dijo Llub.

"Soy un hombre de palabra, así que tomé la tuya," murmuró Bahm.

Estaba encorvado sobre algo que parecía sopa. Sacó un mapa estelar. Atticus se dio cuenta de lo que estaba haciendo.

"Sabes, Bahm, ese es mi mapa estelar," declaró Atticus.

"Bueno, solo lo estaba tomando prestado. Para terminar de trazar nuestro viaje a los Mundos Independientes," informó Bahm.

"¿Dónde crees que está el Cáliz de la Vida?" preguntó Aida a Bahm.

Bahm parecía desconcertado por la pregunta de Aida.

"Bueno, por lo que sabemos, está en algún lugar de Mond-Qu. Los seguidores de la religión aquí han jurado protegerlo. Nunca me he molestado en venir a Mond-Qu ni en investigar la historia. No soy ese tipo de persona. Soy más empírico, ya sabes," dijo Bahm.

Atticus terminó de comer. Ya se estaba poniendo inquieto, y sabía que su mente y su cuerpo exigían algo de exploración. Atticus se levantó con Aida y decidió recorrer el monasterio por su cuenta.

"¡Que se diviertan, niños!" bromeó el capitán.

Atticus hizo un gesto insultante, y Aida se rió.

La puerta del frente del monasterio chirrió al abrirse cuando Aida y Atticus entraron en el viejo edificio. Atticus agarró un bastón de luz, ya que estaba oscuro por dentro. Ambos miraron a su alrededor.

"Seguro que no les gustan las luces aquí," dijo Aida con voz temblorosa. "Tal vez no deberíamos ir más allá. No es nuestro lugar."

"¿Qué quieres decir?" dijo Atticus, "Ni siquiera hemos puesto un pie dentro."

Atticus animó a Aida a continuar, y ella estuvo de acuerdo. El monasterio tenía cinco niveles construidos alrededor de un complejo central con pasillos oscuros, y estaba lleno de silencio.

"¿Dónde están todos los monjes?" se preguntó Aida.

"Están en los campos o en sus estaciones de trabajo. Quiero ir al complejo central y ver qué podemos encontrar," dirigió Atticus.

Estaban en el tercer nivel cuando escucharon un sonido de corrientes. No era viento. Luego, partículas de luz llenaron el pasillo.

"Creo que hemos encontrado lo que todos han estado buscando."

Siguieron la luz hasta otro nivel. Cuando llegaron al cuarto nivel, habían entrado en el complejo central. El centro del complejo parecía un santuario, con varias habitaciones en el interior y paredes relucientes. Atticus y Aida se adentraron más en el santuario, y Atticus sostenía un bastón de luz en la oscuridad.

En el centro de una de las habitaciones del santuario, parecía haber un lugar para un objeto. Atticus presionó el bastón de luz para llenar la habitación con más luz. Cuando lo hizo, el pedestal se abrió, y el Cáliz de la Vida apareció. Los ojos de Atticus y Aida se abrieron con asombro. Este cáliz había sido escuchado en leyendas durante miles de generaciones. Se decía que si se llevaba a la batalla, podría dar inmortalidad al ejército del poseedor, nueva vida o más. Esto debió haber sido la razón por la cual vimos a los soldados muertos de la Unión Estelar y el ataque al rey Kuckgo. ¿Por qué estaba en este monasterio, entonces? pensó Atticus. Este monasterio no tenía fama alguna en la galaxia excepto que residía en Mond-Qu, y la religión de Cidnor había protegido el Cáliz de la Vida durante siglos.

Atticus revisó su cinturón de herramientas y bolsillos y encontró un dispositivo de transporte. Transportaría el objeto a uno de los transbordadores en el puerto espacial sobre Mond-Qu. Atticus alineó los dispositivos, pero un monje Uroc entró en la habitación antes de que pudiera hacerlo.

"¿Qué estás haciendo?" dijo el monje.

"Estoy... haciendo investigación," tartamudeó Atticus.

El monje parecía tanto sorprendido como consternado. Unos segundos después de que apareció el monje, sonó una alarma. Atticus transportó el Cáliz, pero el monje bloqueó la puerta cuando él y Aida se giraron para irse.

"Ese Cáliz ha permanecido oculto durante siglos," informó, "Y, durante estos tiempos de rumores de guerra, alguien más grande que tú podría querer tomarlo. He hecho un juramento de no violencia, así que puedes irte, pero no muy lejos."

"Uh… muy bien… gracias," exclamó Atticus mientras la alarma seguía sonando. Aida se tapó los oídos y se apresuró junto a Atticus. Ambos llegaron a la sala donde se había servido el desayuno. Bahm los miró con preocupación, enfado y molestia. Llub bufó y golpeó la mesa.

"¡Lo sabía!" dijo. "No se puede confiar en un Stie Luxiano con una Humar si tu vida dependiera de ello."

Cuando Atticus miró a Bahm, Bahm tenía una expresión arrogante. Bahm señaló afuera y luego hacia el cielo. Atticus salió y encontró destructores de la Unión Estelar en el cielo. Los cascos metálicos y sin fisuras de los destructores brillaban bajo el sol del día.

"Así que trajiste contigo a la Unión Estelar. Sabía que escondías algo—exactamente qué—nunca lo supe," confesó.

Miró a Llub, que estaba afuera mirando los destructores de la Unión Estelar. Escucharon disparos y el sonido de armas de iones en el pueblo. Se oían los gritos de los aldeanos. El Itor se inquietó y rugió en oposición. Atticus se acercó a él.

"¿Qué hacemos ahora, Llub?" dijo Atticus. "Tú eres más luchador que yo."

"No podemos dejar que sepan que estamos aquí. Sugiero que vayamos al desierto fuera del monasterio y del pueblo," ordenó.

Atticus corrió hacia adentro y agarró a Aida. Llub los siguió rápidamente. Ninguno de ellos reconoció a Bahm. Los soldados de la Unión Estelar los alcanzaban mientras salían del terreno del monasterio, pero se detuvieron en el monasterio. Atticus, Aida y Llub cruzaron un río y corrieron a través de algunas tierras de cultivo. Finalmente llegaron a las colinas salvajes fuera del pueblo y el monasterio.

Atravesaron la maleza y los bosques de las colinas hasta que finalmente encontraron algunas cuevas antiguas. Las cuevas estaban en el lado de una montaña, con vistas al delta del río y las tierras de cultivo. Podían ver humo elevándose desde el pueblo.

"Creo que estamos relativamente a salvo," dijo Atticus. Aida miró con intensidad la escena que se desarrollaba en las tierras llanas del río y las tierras de cultivo. No pronunció palabra.

"El capitán Bahm reveló nuestra ubicación a la Unión Estelar," dijo Llub. "Lo sé."

Atticus no quería pensar en eso. El rechazo de Bahm finalmente erosionaba la confianza entre él, Atticus y el resto del grupo. Atticus miró los destructores de la Unión Estelar. Algunos se movían en la otra dirección en una órbita baja. ¿Por qué atacarían? pensó. Los kernanitas deben estar más cerca de lo que cualquiera de ellos pensaba. Llub se adentró más en la cueva e hizo un campamento.

"No comeremos comida caliente esta noche para que el fuego no revele nuestra ubicación," dijo Llub.

"¿Crees que están tras alguien o algo, como pensábamos en el crucero civil?" se preguntó Atticus.

"Es difícil de decir. Los kernanitas deben estar conquistando mundos más rápido de lo que los Itors hemos pensado para empujar a la Unión Estelar al territorio de Mond-Qu."

"No puedo creer lo que estoy viendo," dijo Aida con un temblor en su voz, y se volvió visiblemente más angustiada; miró a Atticus, quien le dio una mirada reconfortante. De alguna manera, Atticus sabía que Bahm había revelado su ubicación o que la Unión Estelar la había obtenido en otro lugar. Atticus no era telépata, pero sabía que a Bahm no le gustaba ser descubierto solo por unos simples en su opinión y compañeros de viaje. El grupo…

El grupo decidió ir a unas cuevas más altas y acampar. El humo dejó de salir del pueblo, pero los destructores de la Unión Estelar seguían en órbita alrededor de Mond-Qu.

Aida se sentó alrededor del fuego. Un viento suave soplaba por las colinas salvajes. Atticus se sentó junto a Aida, pasando su brazo sobre sus hombros. Ella, que una vez fue esclavizada, estaba desesperada por la libertad, y con razón. Otros mundos pensaban de la especie y el lugar de Aida en la sociedad de manera diferente. Aida no había visto muchos otros mundos además de Fina, ya que fue llevada a la esclavitud cuando era niña. Parecía estar absorbiendo el paisaje aliento por aliento.

El grupo de tres se quedó junto al fuego hasta altas horas de la noche. Antes de dormir, Atticus pensó en Aida. Ella no parecía molesta por la repentina traición de Bahm. Atticus decidió preguntarle a Aida sobre él.

"¿Qué motivó a Bahm a alertar a la Unión Estelar?" preguntó Atticus.

"No creo que te guste la respuesta," bromeó Aida. "Puede que no haya practicado todas mis habilidades humarianas, pero sé que fue motivado por dos valores ideales: honor y deber. Pensarías que los habría olvidado, pero algo los desencadenó dentro del hombre."

"¿Pero por qué? ¿Por qué elegiría basarse en esos valores que solo actuó hace mucho tiempo?"

"Las peleas y la guerra cambian a las personas. Todos lo saben. Fue a lo que estaba acostumbrado."

Atticus descansó al lado de Aida. Deseaba haberla conocido antes de que todo esto sucediera, antes de tener que salir de los Mundos Independientes y conocidos para estar a salvo. Llub estaba sentado al otro lado del fuego. Comenzó a quedarse dormido. Y, antes de darse cuenta, sus ojos se cerraron.

Cuando llegó la mañana, los rayos de sol llenaron la cueva. Llub estaba despierto, mirando las llanuras y los pantanos debajo de las colinas. Parecía contento, y luego frunció el ceño mirando a Atticus.

"Encontraste algo, ¿verdad, en el monasterio?" preguntó Llub.

Atticus le sonrió. ¿Los Itors también eran telépatas? Atticus reflexionó sobre lo que podría suceder después. Necesitaban pasar los destructores de la Unión Estelar y llegar al puerto espacial para recuperar el Saltador Estelar. Los destructores de la Unión Estelar seguían en órbita baja.

Atticus sintió una presencia. Por un momento, todo a su alrededor se volvió surrealista. Atticus dejó escapar un grito de sorpresa. Aida se rió detrás de él. Sus ojos verdes se volvieron de un verde más claro y brillante, y su piel blanca y cristalina brillaba a la luz del sol de la mañana. Parecía algo que Atticus no había visto en los mundos a los que había ido o en su mundo natal, Stie Lux. Aida colocó su mano en su hombro, y las imágenes de su hogar se reflejaron ante él. Sus miedos más profundos y los picos de su felicidad se realizaron y exploraron.

Aida se adentró más en la mente de Atticus. Luego, el vínculo telepático entre Aida y Atticus los sobrecargó a ambos, empujándolos al suelo, y ambos gritaron. Aida rodó hacia un lado y luego se levantó, llevándose la mano a la cabeza.

Atticus despertó con la cabeza en el suelo. Entrecerró los ojos y se movió un poco, y tan pronto como lo hizo, un dolor recorrió su espalda y hombros. Comenzó a tartamudear algunas palabras.

"¿Qué… pasó?" dijo a Aida y Llub.

Llub sonrió, rugió y luego se golpeó el pecho. Dio un paso atrás mientras Aida se acercaba. Ella sostenía algunas vendas y otras medicinas. Llub parecía molesto.

"¿No podrías usar algunos de tus poderes especiales, Humar, para sanar a tu enamorado?" cuestionó Llub con vehemencia.

Aida no le gustó lo que escuchó, así que mostró los dientes. Se inclinó sobre Atticus mientras él tosía. Sus ojos escanearon todo su cuerpo y se movían rápidamente por todas partes.

"Esto… esto… nunca ha sucedido antes, Atticus y Llub," dijo Aida con voz ansiosa, "¿Viste algo antes de perder el conocimiento y caer al suelo?"

"Vi destellos de imágenes, pero nada más. Sentí una presencia o algo," dijo Atticus. Aida miró su cabeza en busca de cortes y moretones. Cerró los ojos.

Luego los abrió y dijo: "Los kernanitas deben estar siguiendo nuestra pista. El vínculo telepático comenzó a romperse por el estrés. Estaba siendo utilizado por alguien más. Los kernanitas pueden reunir nuestras ubicaciones y estrategias a través de la visión mental, o en otras palabras, entrando en nuestras mentes."

"Un kernanita nunca intentaría entrar en la mente de un Itor. Sería demasiado confuso, demasiado primitivo pero avanzado," exclamó Llub. Los Itors eran conocidos por su resistencia a la telepatía y sus efectos. Aida continuó atendiendo las heridas de Atticus. Atticus comenzó a levantarse y apartar a Aida de ayudarlo más cuando supo que estaba bien.

Agarró la mano de Aida y la miró a los ojos. "Estoy bien. No te preocupes. Tenemos que seguir moviéndonos," ordenó Atticus.

"¿Querías que me quedara en Mond-Qu?" dijo Llub.

"No estoy seguro. Estamos a medio camino de los Mundos Independientes. Estoy tratando de evitar lo que creo que viene después, o tal vez podamos rodearlo. Necesitamos llegar al puerto espacial donde está el Saltador Estelar," dijo Atticus.

"¿Qué viene después exactamente?" preguntó Llub.

"Desafortunadamente, es un planeta de la Unión Estelar en los límites de su espacio. Se llama Ergh, y es mayormente desierto. Podemos usarlo para bloquear a los kernanitas, para que no nos molesten. Nunca iniciarían un conflicto abierto con la Unión Estelar," supuso Atticus mientras miraba hacia las llanuras y tierras de cultivo de Mond-Qu.

"También necesitamos verificar qué trajo los encuentros con los kernanitas, si se ha detectado remotamente," dijo Aida.

"¿Te refieres al ataque al rey Kuckgo, lo que encontramos en el monasterio, y ahora este ataque agresivo de ellos?" dijo Atticus.

Los soles gemelos de Mond-Qu se elevaron suavemente desde el horizonte y arrojaron luz sobre las colinas, volviéndolas verdes y rojas. El grupo reunió sus cosas y conectó las comunicaciones al puerto espacial que orbitaba Mond-Qu. El Saltador Estelar estaba listo para ellos. Solo era cuestión de tiempo antes de que los intentos de ataque de los kernanitas llegaran a Atticus, Aida y Llub.

VI

Atticus consiguió un transbordador de un grupo de agricultores para llevarlos al puerto espacial. Para cuando llegaron al puerto espacial, era el final del día en Mond-Qu. Había guardias apostados en cada intersección del puerto espacial, ya que este estaba en alerta máxima debido a los destructores estelares en órbita. Atticus logró negociar con uno de los miembros de seguridad para obtener acceso al Saltador Estelar.

Las puertas del hangar del puerto espacial se abrieron, y el Saltador Estelar salió y realizó un salto hiperespacial hacia Ergh, el planeta de la Unión Estelar que proporcionaría cobertura contra los kernanitas. Antes de partir del puerto espacial de Mond-Qu, Atticus equipó el Saltador Estelar con emblemas de la Unión Estelar y diseños de naves espaciales.

Cuando el Saltador Estelar salió del hiperespacio, Atticus y los demás se sorprendieron al ver que se percibía como parte de la flota de la Unión Estelar. Atticus encontró un puerto espacial y equipó el Saltador Estelar con el logo de la Unión Estelar y diseños para camuflarlo bien. Atticus, Llub y Aida salieron del Saltador Estelar y se dirigieron a un transporte.

Mientras viajaban, Atticus se aseguró de que se hubieran camuflado bien con uniformes de la Unión Estelar. Encontraron un transporte listo para partir hacia Ergh. Atticus hablaba uno de los idiomas de la Unión Estelar, y dejaron que el grupo abordara.

El transporte voló a través de la atmósfera dura de Ergh y violentas tormentas de polvo mientras se acercaban a la superficie. La gente de Ergh vivía en y debajo de la superficie del planeta. Los indígenas de Ergh parecían más una forma de primate que Atticus había visto una vez de niño en un mundo selvático llamado Y'Car.

Finalmente encontraron su camino hacia una de las principales ciudades: Setya. Llub se estaba cansando de tanto viajar y exigió algunas bebidas. Atticus y Aida dudaron, pero finalmente accedieron.

Los tres tomaron asiento en un bar local. Llub ya estaba ocupado charlando con un lugareño. Atticus decidió beber por sí mismo, pero Aida decidió pasar.

"Entonces, ¿qué sabes, amigo mío, sobre esta agresión de los kernanitas?" preguntó Llub a un erghiano.

"No creo que sea agresión. Creo que es más paranoia por parte de ellos. La galaxia ha cambiado tanto en los últimos setenta y cinco años que se sienten excluidos," dijo el local.

Atticus intentó desconectar su conversación y concentrarse en Aida. No había estado en un bar desde Fina, cuando encontró a Aida. A Atticus le gustaba viajar; le recordaba a su infancia. Aida no parecía tan sombría como en el viaje o en los otros planetas.

Una computadora en la barra estaba llena de noticias de toda la galaxia. Atticus la tomó y comenzó a leer. Aunque sus páginas lo sorprendieron. En ellas había un perfil biográfico del capitán Bahm.

Los ojos de Atticus leyeron el artículo del periódico línea por línea. Por un momento, olvidó que Llub y Aida estaban sentados con él. Siguió leyendo el artículo.

El artículo decía que el Capitán Reno Bahm de la Cuarta Flota era buscado por traición. No decía por qué se le acusaba de traición, solo que una vez fue capitán de la Cuarta Flota. La música en el bar se estaba volviendo fuerte, y los clientes estaban un poco ruidosos. Llub parecía estar ebrio, y Aida también.

Aida tocó el pecho de Atticus y luego sus labios. El comportamiento directo de Aida tomó a Atticus por sorpresa. Giró en círculo y se dirigió hacia Llub. El Itor se rió de alegría.

Luego, ella giró y extendió la mano. Su piel cristalina blanca parecía sonrojada alrededor de las mejillas, pero parecía estar divirtiéndose. Se acercó más.

"¿Quieres bailar?" le preguntó a Atticus.

Atticus sintió un nudo en la garganta ante la sugerencia. Aida estaba cumpliendo un sueño. No estaba nerviosa después de haber tomado tantas bebidas.

Atticus tomó la mano de Aida, y se dirigieron hacia la banda que tocaba al frente del bar. Atticus susurró al oído de un asistente la canción que quería tocar. La banda se detuvo y luego moldeó su música en diferentes ritmos.

Mientras Aida y Atticus bailaban, otros se unieron. Atticus no pasó mucho tiempo fijándose en ellos, solo para no tropezar con ellos mientras bailaba. Cuando la canción terminó, vio una figura al otro lado de la pista de baile. La figura llevaba una capa con capucha. Atticus notó a la figura porque le resultaba peculiar.

Cuando la canción terminó, hubo aplausos en todo el bar y se escucharon peticiones para otra. Atticus puso su brazo alrededor de Aida. Le gustaba hacia dónde iba todo esto. Pero, ¿qué pasa con el Capitán Bahm? Ya estaba en problemas; ¿por qué tomó el lado de la Unión Estelar? Atticus estaba contemplando todo esto mientras esperaba a la banda. Entonces, escuchó a Aida gritar. Sintió que ella se deslizaba de su brazo y caía. Se dio la vuelta bruscamente y vio que la figura encapuchada se llevaba a Aida.

Atticus tenía su arma, así que abrió fuego contra la figura encapuchada. Los disparos rebotaron en la figura, y Aida tuvo suficiente fuerza para arrancarle la capucha. Lo que había debajo de la capucha sorprendió a Atticus. Era un kernanita. Un éter azul salía de sus ojos, y su piel negra se mezclaba con el bar oscuro. El kernanita emitió un sonido espeluznante. Atticus no sabía si era en su idioma o no. Intentó aturdir al kernanita, pero los disparos siempre eran desviados. Llub salió corriendo del bar hacia él, y el kernanita usó un dispositivo de teletransportación para llevarlo al otro lado del bar. Llub golpeó una mesa, la rompió y terminó en el suelo.

Atticus podía sentir que las oportunidades de recuperar a Aida se le escapaban. El kernanita salió por la puerta principal y se metió en el bullicio de Setya. Llub se levantó del suelo del bar y corrió tras el kernanita.

Gritos de sorpresa resonaban en todo el bar. Atticus y Llub salieron a la noche erghiana y la arena los azotó. Solo podía adivinar qué quería el kernanita con Aida. Atticus regresó al bar para recoger sus cosas.

Llub se quedó afuera mientras Atticus recogía sus cosas. Estaba guardando una de sus tabletas cuando notó que decía que otra tableta estaba rastreando algo. La miró más de cerca, y la tableta había grabado sonido y video. Encendió el enlace para mostrar a Aida en la tableta. Atticus solo podía escuchar los gritos apagados del kernanita y de Aida.

¿Cómo podría llegar a ella? pensó. Llub parecía desanimado y un poco triste por el secuestro de Aida. Le dijo a Llub que habían rastreado exitosamente a Aida, y de repente Llub mostró una expresión de esperanza en su rostro.

Atticus no quería dormir por la noche y no creía que pudiera hacerlo. Atticus y Llub encontraron un transporte terrestre y comenzaron a seguir la ruta del rastreador en la tableta. Los llevó por Setya y sus fronteras, pero no tuvieron suerte en encontrar a Aida.

Debían encontrar a Aida pronto. Decidieron conseguir alojamiento para dormir. Al mirar hacia el cielo en la madrugada, vio que los destructores de la Unión Estelar habían salido del hiperespacio. Era su mundo, pensó Atticus, aunque estaba en el límite de su espacio. Pronto se vieron transportes espaciales y planetarios provenientes de los destructores de la Unión Estelar. El ejército de la Unión Estelar desconfiaba de las especies que no formaban parte de la Unión por completo, y cualquiera que no pareciera indígena a un planeta generalmente era rechazado.

Atticus y Llub entraron a su alojamiento. Se miró en el espejo. Su mandíbula lo haría sobresalir en Ergh. Cuando llegó la mañana, envolvió su rostro en tela. La suavidad de su frente era lo único que lo delataba como un forastero. Llub era obvio, pero Atticus aún envolvió su rostro en tela para hacerlo menos visible.

Cuando Atticus y Llub despertaron de un sueño corto, escucharon un alboroto afuera de donde estaban durmiendo. Cuando Atticus salió, parecía que había una tormenta de arena. Atticus miró de cerca, y los transportes espaciales a tierra tocaron suelo a solo media milla de las fronteras de la ciudad de Setya. Atticus y Llub tomaron sus cosas y buscaron a Aida.

Cuando estaban afuera, se agacharon y corrieron al otro lado de la calle para evitar ser vistos por la Unión Estelar. Solo cuando se acercaron a su transporte se dieron cuenta de la intención de la Unión Estelar. Les dispararon. Atticus y Llub se escondieron detrás de un contenedor. Soldados de la Unión Estelar desembarcaron de los transportes. Aunque los soldados de la Unión Estelar llevaban cascos, Atticus pudo escuchar que decían algo que reconoció. Reconoció los nombres Stie Lux y Llub. Estaban hablando de ellos.

La respiración de Atticus se aceleró mientras los soldados revisaban el área. Llub se mantuvo tranquilo, pero pronto dirigió a Atticus a una habitación que se alejaba de las áreas principales de Setya. Atticus preparó su arma, pero Llub hizo gestos para no involucrar a los soldados todavía.

Llub sacó un escáner y lo apuntó hacia los soldados de la Unión Estelar. Llevaban uniformes militares mejorados, que sus armas de iones no podían penetrar. Llub y Atticus llegaron a la parte superior de un techo. Ambos miraron hacia abajo mientras los soldados de la Unión Estelar llenaban la ciudad. La gente rápidamente se apartó de su camino, y algunos gritaron. La Unión Estelar tenía un ejército famoso en toda la galaxia, pero prefería permanecer separado y mantenerlo a distancia.

Atticus estaba sudando, así que se empujó al suelo lo suficiente para dejar ver lo que estaba sucediendo debajo de él. Llub continuó escaneando el área. Luego dejó el escáner en el suelo.

"Tengo una idea, Atticus. Si no podemos penetrar su armadura, debemos encontrar algo que lo haga," explicó Llub.

"Mira todos esos contenedores. Los escaneé, y llevan un líquido que explota cuando se expone a un disparo de iones. Podríamos sobrecalentar una de nuestras armas de iones. Herirá a algunos soldados, creará una distracción y nos comprará algo de tiempo."

Atticus lo miró como si estuviera loco. Recordó que los Itors tenían buena intuición y sentidos, así que confiaba más en él, pero aún pensaba que estaba loco. Le dio una señal de que no comenzara su plan. En un momento, Llub empujó hacia arriba y hacia abajo con su arma de iones y la ató a una cuerda para llevarla hasta los contenedores. El arma de iones se dejaría caer desde arriba de los contenedores. Más de varios soldados estaban pasando, y parecía que sería un buen golpe y una distracción.

Llub dejó caer el arma de iones desde una cuerda. Una vez que el arma golpeó los contenedores, el programa inició una sobrecarga, y luego se vio una luz brillante, seguida de varias explosiones. Los gritos de sorpresa de los soldados de la Unión Estelar se escucharon. Llub se levantó, rugió en triunfo y sacó pecho. La explosión despejó el camino para que Llub y Atticus pudieran atravesar las calles de Setya.

Los pensamientos corrían por la mente de Atticus. De todas las especies que conocía en la galaxia, nunca pensó que se asociaría con un Itor y derribaría soldados de la Unión Estelar. Llub y Atticus continuaron corriendo hasta que llegaron al transporte terrestre hacia el puerto espacial.

El resplandor de Setya se desvaneció suavemente en la distancia. Mientras se acercaban al puerto espacial desde la dirección opuesta, Atticus se tranquilizó. Pensó en su carga a bordo, el Cáliz de la Vida. No había duda de que la Unión Estelar sabía quiénes eran, pero tal vez no se daban cuenta de que los kernanitas también iban tras él. Sería bueno tener una mano extra. Pensó en el Capitán Bahm. El Capitán Bahm les había dado la espalda al grupo.

Atticus se tranquilizó. Si el Capitán Bahm era buscado por traición por la Unión Estelar, no podría quedarse en su territorio. Vinculó el rastreador de la tableta al Saltador Estelar. Mostraba los signos vitales de Aida a bordo de una nave en hiperespacio que se dirigía hacia el territorio kernanita. Llub sonaba exhausto. Pidió comida al robot de cocina a bordo.

Atticus piloteó el Saltador Estelar en dirección al Territorio Kernanita. Llub se sentó en la silla del copiloto. Y Atticus activó el motor.

Llub y Atticus también se aseguraron de que la Unión Estelar no los estuviera persiguiendo. Atticus sabía lo que estaba haciendo. Estaba llevando una de las reliquias veneradas y misteriosas, el Cáliz de la Vida, a manos del enemigo. Su plan funcionaría, y sabía por qué. Atticus estaba hablando con Llub cuando de repente sintió una presencia.

Imágenes llenaron su cabeza. Había figuras negras por todas partes, y se veía el resplandor de una luna. De repente, escuchó palabras apagadas. Alguien decía, "¡Ayúdame!" Atticus agarró el rastreador de la tableta. Tenía la señal de Aida, luego la perdió. Programó la computadora del Saltador Estelar para intensificar la capacidad de escaneo del rastreador. Captó firmemente los signos vitales de Aida en el espacio kernanita en el planeta de Xo'Ti.

Atticus miró a Llub.

"Llub, creo que Aida está tratando de contactarme usando alguna habilidad telepática Humar," explicó Atticus.

Llub miró el rastreador. Su frente se frunció. Soltó una gran bocanada de aire.

"Aida es una Humar. Diría que está en peligro, pero parece estar cuidando de sí misma," dijo Llub.

Llub estaba irritado. Ahora iban en dirección opuesta a los Mundos Independientes. Atticus sabía lo que le esperaba de regreso a casa. Su reputación como un inconformista sin remedio sería olvidada si traía de vuelta el Cáliz de la Vida y observaba a los kernanitas.

Debía salvar a Aida primero. La presencia en su cabeza se hacía cada vez más intensa. Intentó calmarse, sabiendo que Aida intentaba comunicarse con él. De repente, Atticus pudo ver a Aida.

Estaba en un edificio con muchas ventanas. La tenían sujetada al suelo. Unas cadenas de prisión estaban sobre Aida.

La luz de la luna se filtraba a través de la habitación en la que la habían puesto.

En el fondo, se podían ver los ojos azules y etéreos de los kernanitas. Atticus sentía que la presencia de Aida se estaba haciendo lo suficientemente fuerte como para que pudiera hablar con ella, pero también lo estaban los kernanitas. Finalmente, Atticus dijo telepáticamente: "Estoy en camino" a Aida, pero tan pronto como lo hizo, los ojos de un kernanita bloquearon su vista telepática.

VII

Llub estaba pilotando mientras Atticus dormía de camino al planeta Xo'Ti, dentro del Territorio Kernanita. De repente, Atticus se despertó y miró a su alrededor en el Saltador Estelar. Era como si ella estuviera allí de nuevo, acostada junto a Atticus. La presencia de Aida no dejó a Atticus esta vez. Lo que sentía era fuerza y resiliencia. A pesar de que los kernanitas habían tomado a Aida, ella estaba luchando con todas sus fuerzas.

Los kernanitas eran una raza antigua para Atticus y, aún más, para Llub. Llub pertenecía a una raza más joven que Atticus. Los kernanitas habitaban una región de la galaxia llamada "Las Calmas" por la raza de Atticus. Era conocida por los tumultuosos vuelos espaciales, y los kernanitas recibían poco contacto exterior del resto de la galaxia. Eventualmente, los kernanitas se llenaron de celos por lo que había más allá de su reino y solo querían conquistar y destruir. Los kernanitas eran conocidos por sus inmensos poderes. Podían viajar a otras dimensiones, eran telépatas, y sus vidas eran largas: unos 500 años.

En caso de que un kernanita intentara contactarlos telepáticamente, Atticus le dijo a Llub que buscara cualquier comportamiento extraño. Los itors eran considerados ignorantes en la galaxia, pero Atticus deseaba poder resistir los poderes de un telépata esta vez. Desafortunadamente, disfrutaba experimentar los poderes de un telépata como Aida, pero no los de los kernanitas.

Atticus fue al centro del Saltador Estelar y sacó un mapa estelar. Xo'Ti estaba a unos 50 clics de distancia. Xo'Ti era un mundo de hielo. Atticus había escuchado historias sobre Xo'Ti. Era un centro de adoración para los kernanitas. Atticus estaba estudiando los sitios de aterrizaje de Xo'Ti cuando, de repente, una figura negra con vapor azul saliendo de sus cuencas oculares invadió su mente. Dejó caer la tableta.

"Llub, es un kernanita. Está dentro de mi mente. Piensa rápido. Haz algo," exclamó Atticus a Llub.

Llub dejó el asiento del piloto del Saltador Estelar y cambió a la inteligencia artificial para pilotar. Luego corrió hacia Atticus, colocó su mano en su frente y rezó.

"Los kernanitas están usando su magia. Los itors son inmunes a ella," dijo Llub.

La raza de Atticus—los Stie Luxianos—no era religiosa. Eran agricultores astutos, tecnológicamente hábiles, con buen instinto de lucha. Atticus estaba consternado por los kernanitas invasores. ¿Qué estaba intentando hacer él—o ella? Aunque los kernanitas podrían saber dónde están y si se dirigen en su dirección, deben continuar.

Llub volvió a pilotar el Saltador Estelar. Atticus estudió el mapa de Xo'Ti y leyó textos antiguos sobre los kernanitas. El Saltador Estelar salió del hiperespacio cerca de las lunas gemelas de Xo'Ti.

"Estoy escaneando el área alrededor de Xo'Ti," dijo Llub.

"Entendido," respondió Atticus.

"Atticus, ven a mirar esto."

Llub mostró un esquema que el escaneo había creado. Aterrorizó a Llub y a Atticus. Dos o tres flotas de naves, salpicadas de estaciones espaciales en medio, llenaban la pantalla.

"No parece que sepan que estamos aquí," dijo Llub.

Atticus realizó un escaneo tras otro para encontrar a Aida. Barrió ambas lunas y hackeó los sistemas informáticos de las flotas kernanitas para escanear la superficie de Xo'Ti. Finalmente tuvo éxito en encontrar a Aida. Ella estaba en Kalendiraz, la ciudad central de culto en el planeta de Xo'Ti. Muchos forasteros no sabían a quién o qué adoraban los kernanitas.

Cuando el Saltador Estelar se dirigió al lado oscuro de Xo'Ti, el planeta parpadeaba con las luces de las ciudades abajo. Llub se levantó de la silla del piloto y accedió al marco principal de la computadora del Saltador Estelar. Atticus terminó de trazar cómo abordarían la situación del rescate. El Saltador Estelar se sacudió cuando Llub desvió energía a otro sistema.

"Nos vamos a teletransportar a la superficie," dijo Llub. "Voy a darle un camuflaje a nuestras firmas de teletransportación para que no seamos detectados, y si intentan hacerlo, el código de encriptación nos dará tiempo."

"Vamos a ello entonces," dijo Atticus.

Ambos fueron a la parte trasera del Saltador Estelar para pararse en los sensores. Llub presionó algunas consolas del Saltador Estelar, y se teletransportaron. En un momento, estaban en la superficie, en Kalendiraz, en un complejo enorme. Ambos sacaron sus pistolas de iones y se agacharon contra la pared. Los kernanitas usaban ampliamente la inteligencia artificial. Algunos robots avanzados tomaban la forma de diferentes especies. Atticus y Llub usaron tecnología de camuflaje para ocultar su presencia visible.

Cuanto más se acercaban al lugar donde provenía la señal de Aida, más robots armados se les acercaban. El recinto era enorme. Utilizando encriptaciones, decodificaron y abrieron las gigantescas puertas de la sala. La tecnología de camuflaje funcionó porque, tan pronto como abrieron la puerta, había un grupo de kernanitas al otro lado. Un éter azul pulsaba de sus ojos, y su piel negra, parecida al cuero, emitía un olor. Los kernanitas se erguían altos, con armaduras cubriéndolos. Su lenguaje, a veces, sonaba horrendo para Llub y Atticus. Se taparon los oídos y se pusieron traductores dentro.

Por un momento, Atticus pudo entender una o dos palabras. Escuchó más de cerca. Mientras avanzaban por la parte delantera de la sala, captó a algunos kernanitas decir algo que sonaba como el nombre de Aida.

Cuando Atticus y Llub pasaron la sala, vieron una plataforma con una figura acostada. Era Aida. Ambos se detuvieron. Esto era demasiado fácil. Se acercaron a la plataforma, pero la tecnología de camuflaje comenzó a fallar.

Uno de los kernanitas gritó algo a un grupo del otro lado. Los habían visto. Atticus y Llub activaron los escudos de sus trajes y armaduras. Atticus sintió que el estómago se le encogía. Estaban tan cerca de rescatar a Aida.

De repente, Aida se levantó en la plataforma. Un rayo de luz la atravesó, y las vibraciones sacudieron la sala. Las vibraciones fueron lo suficientemente fuertes como para hacer que Atticus, Llub y los kernanitas cayeran al suelo.

El rayo de luz se disolvió en la oscuridad de la sala tan pronto como apareció. Atticus y Llub corrieron hacia Aida. Ella estaba acurrucada, abrazando sus piernas, temblando y desnuda.

Cuando Atticus intentó teletransportarse de vuelta al Saltador Estelar, Llub fue alcanzado por un arma de iones de los kernanitas. Corrieron para cubrirse al otro lado de la plataforma. Llub se agarró el hombro.

"I've been hit," dijo él.

"Intenta reforzar la señal de teletransportación para que podamos salir de aquí," gritó Atticus.

Atticus miró alrededor de la habitación para ver qué podía estar causando la pérdida de la señal de teletransportación. Parecía un templo oculto, con estatuas, columnas y una cúpula.

Mientras estaban agazapados al otro lado de la habitación, protegidos por una protuberancia de la plataforma, varios Kernanitas se teletransportaron a su lado. Atacaron a Atticus y Llub con armas paralizantes, y ambos cayeron al suelo instantáneamente. Atticus fue empujado contra la pared del templo, y Llub también.

Un Kernanita avanzó desde el grupo de Kernanitas, golpeándolos.

Su piel era negra, pero esta vez con rayas rojas. Los ojos azules del Kernanita parpadearon en la luz tenue. Era más grande que el resto y tenía un buen físico en general. Parecía estar analizando a Llub y Atticus.

"Así que trajeron al Humar hasta mí," sonrió el Kernanita.

"No trajimos a nadie," gritó Atticus al Kernanita.

"¿No saben el valor de un Humar en mi religión?" dijo él. "Son invaluables. Y lo que hace la situación aún mejor es que vinieron tras el Humar incluso después de todas las advertencias."

El Kernanita sacó un cuchillo. Parecía ritualista para Atticus. Lo sostuvo contra el brazo de Aida.

"¿No sabes lo que ella podría hacer por mi gente?" dijo Atticus.

"Vivimos para siempre con la sangre de los Humars. Los Humars son útiles, ya sea vivos o muertos, para nosotros. Esta parece aún más especial que los otros que hemos capturado recientemente."

Atticus buscó en su mente. Todo lo que podía pensar era en cómo quería volver a casa. No sabía mucho sobre la especie de Aida; la galaxia tiene muchas especies. ¿Por qué ella? pensó.

"Mi nombre es Ba'Gam," dijo el Kernanita. "Has llegado a la región correcta de la galaxia si quieres vivir para siempre."

"No tengo esa intención," dijo Atticus.

"¿Y de dónde eres, joven?" preguntó Ba'Gam.

"Soy de Stie Lux, un Mundo Independiente," respondió tartamudeando.

"Estás lejos de casa," afirmó Ba'Gam.

Llub resopló y se mostró molesto con el Kernanita. Llub alcanzó una granada de iones. Ba'Gam vio el movimiento de Llub y disparó una atadura de iones contra él, inmovilizando su brazo contra la pared.

"No llegarás lejos," dijo Ba'Gam.

Ba'Gam ordenó a los demás Kernanitas a su alrededor. Levantaron a Aida y luego encadenaron a Atticus a la pared. Atticus y Llub continuaron luchando para liberarse.

Aida fue arrojada de nuevo al centro de la habitación, sobre la plataforma. Los sensores empezaron a escanearla, y los Kernanitas en la sala la abucheaban. Ba'Gam permaneció en silencio.

Atticus gritaba el nombre de Aida. Sentía que estaba a punto de perderla en cualquier momento. De repente, la presencia de Aida entró en su mente. Estaba calmada pero inconsciente.

"No tengas miedo, Atticus," dijo ella, "Lamento no haberte contado todo sobre mí. Ha sido así durante siglos con los Kernanitas."

"¿Qué quieres decir? Nada de eso es cierto, Aida. Lo he visto con mis propios ojos: la libertad que has tenido. Podemos cambiar las cosas. Para mejor", luchó Atticus.

Aida parecía estar consciente de nuevo, pero todavía estaba en los pensamientos de Atticus. De repente, comenzó a flotar sobre la plataforma. Y, entonces, los grilletes de Llub y Atticus fueron destruidos por alguna fuerza. Atticus y Llub se miraron. Era Aida. Algunos de los Kernanitas parecían estar a punto de disparar a Aida. Antes de que pudieran, orbes salieron del cuerpo de Aida. Los orbes los aturdieron y cayeron al suelo.

Ba'Gam corrió hacia otra puerta que conducía más adentro del complejo. El cuerpo de Aida levitaba y brillaba hasta que los Kernanitas huyeron de la habitación. Llub se levantó del suelo y corrió hacia Aida.

"No, no lo hagas", gritó Atticus. "Ella está pasando por algo. ¿No lo sientes?"

"Siento que deberíamos salir de aquí", dijo Llub.

Atticus observó el cuerpo de Aida. Su presencia no disminuía mientras entraba y salía de la consciencia. Aida le estaba contando la historia de su raza. Le estaba contando por qué estaba allí.

Su especie no era solo una raza esclava en su planeta natal. Era profundamente espiritual, y sus habilidades espirituales eran codiciadas. Cuando los Humar se encontraron con los Kernanitas, los Kernanitas eran una raza que se estaba muriendo lentamente. Después de experimentar con Humars cautivos, los Kernanitas descubrieron que podían aumentar su esperanza de vida y sentidos, y obtener habilidades latentes como la telepatía.

En cuanto a Aida, ella era diferente. De alguna manera, era más poderosa que un Humar común. Podía comunicarse con los dioses de los Kernanitas en varios planos astrales. Finalmente, Aida volvió a la consciencia. Miró a los ojos de Atticus. Parecía que no quería que eso se detuviera.

En los pensamientos de Atticus, ella comunicó que esto no era lo que se suponía que debía suceder. Su misión era ofrecerse a los dioses de los Kernanitas. Empezó a empujar a Atticus lejos de ella.

"No, no, no, esto no es como se suponía que debía ser", dijo Aida.

Llub miró a Aida y Atticus. Había fortalecido la firma de teletransportación, pero algo la estaba bloqueando. Atticus buscó en los ojos de Aida.

"No, Aida. Eres libre. Como siempre quisiste ser. Todo lo que has pasado. Ya no está. Está en el pasado, y por ahora estarás a salvo una vez que volvamos al Star Jumper", dijo Atticus.

Llub estaba luchando para hacer funcionar el dispositivo de teletransportación. Atticus sostenía la mano de Aida. Necesitaban llevarla de regreso al Star Jumper para una evaluación médica.

"Tengo el dispositivo de teletransportación listo y funcionando, Atticus", informó Llub.

Atticus echó un rápido vistazo a la sala del templo. Sabía que los Kernanitas volverían por él, y también Ba'Gam. Atticus bajó la mirada mientras todo de repente se iluminaba y desaparecía.

Una vez que llegaron al Star Jumper, Atticus llevó a Aida al área médica de la nave. La recostó en una mesa. Sus signos vitales seguían siendo erráticos. Sus manos estaban sudorosas y su cabello chamuscado. Atticus volvió a hacer una lectura de Aida. Lo que estaba sucediendo con el cuerpo de Aida no estaba registrado en la base de datos médica del Star Jumper.

Atticus hizo más exploraciones y buscó en la base de datos médica más información sobre el conocimiento médico de los Humar. Cuando hizo un escaneo profundo del cuerpo de Aida, apareció otra señal de vida en los sensores: estaba embarazada.

Atticus no estaba seguro de cómo tomar la noticia. Sabía que debía seguir cuidando a Aida, sin embargo. Llub pilotaba lentamente el Star Jumper alejándose de Xo'Ti. Aida finalmente despertó brevemente.

"¿Qué sucedió? Esto… esto… me temo que no está bien", dijo.

"Estás en el Star Jumper ahora. Y estás embarazada", declaró Atticus.

"¿Estoy qué… pero el ritual… el llamado… los Kernanitas… ¿No lo sabían?", dijo.

Atticus sintió la ira recorrer su cuerpo. Necesitaba más conocimiento sobre los Kernanitas y la especie de Aida; pasaron horas mientras Atticus revisaba textos en la base de datos del Star Jumper. Lo que encontró sobre Aida y los Humar lo dejó atónito. Parecía que los Humar tenían un impulso ancestral de sacrificarse una vez que encontraban agresión o la posibilidad de muerte. Los Kernanitas conocieron a los Humar hace mucho tiempo. Hasta donde Atticus podía decir, existía una relación casi desconocida entre los Kernanitas y los Humar para la mayor parte de la galaxia.

Los Humar alguna vez —y aparentemente aún— se sacrificaban. Sin embargo, el proceso se detuvo. Atticus solo pudo suponer que fue porque estaba embarazada. El cuidado del bebé dentro de ella se apoderó de su cuerpo, de su espíritu y de sus impulsos instintivos.

Atticus necesitaba contárselo a Llub, así que lo hizo. Su respuesta fue la que se esperaría de un Itor, dadas las circunstancias y todo lo que habían pasado. Se acercó y tomó la mano de Aida.

"Será un luchador, Aida", dijo Llub. "Su nombre será conocido en toda la galaxia. Ya tiene un buen padre, y tú serás una madre maravillosa". Llub regresó a la silla de piloto y posicionó el Star Jumper para entrar en hipervelocidad.

VIII

Atticus aún estaba en la parte trasera del Star Jumper con Aida cuando Llub lo llamó al módulo de mando. El Star Jumper estaba en una región del espacio llamada Los Yermos, según la especie de Llub, como Atticus descubrió hace un tiempo. En Los Yermos, un motor hiperespacial podría tener problemas para mantener su potencia. Atticus miró a través de la ventana del módulo de mando y luego fue a las consolas de operaciones y ciencias del Star Jumper.

El Star Jumper había estado captando muchas comunicaciones de toda la galaxia, pero nada emocionante o urgente. El conocimiento de Atticus sobre las estrellas era algo limitado. Tenía muchos mapas estelares, pero no tenía tiempo para estudiarlos. Esperaba que Llub supiera lo que estaba haciendo.

Después de subir por encima del plano de la galaxia, Llub volvió a llamar a Atticus. Resopló y señaló un grupo de estrellas de tamaño mediano, luego sonrió.

"De aquí soy yo, Atticus, del sistema estelar Vador IV. Y el mundo natal de los Itors, Vinosa, está en el medio del grupo de estrellas", explicó Llub.

"Entonces, supongo que nos dirigimos al espacio Itor", dijo Atticus.

"Sí, ahora que estamos por encima del plano de Los Yermos", afirmó Llub. "¿Cómo está Aida?"

Llub sabía que, a veces, Atticus no quería hablar de Aida después de la tragedia que sucedió con los Kernanitas. Atticus miró al espacio. Llub era un compañero decente, pero sabía que podría haber problemas.

"Está bien, iré a ver cómo está Aida y luego pondremos rumbo a Vinosa", dijo Atticus con emoción.

El Star Jumper se activó y comenzó su viaje sin un sonido. Atticus dormía al lado de Aida la mayoría de las noches y la cuidaba durante los días hasta Vinosa. Se necesitaron varias rotaciones de las lunas alrededor del planeta natal de Atticus, Stie Lux, para llegar a Vinosa.

Cuando entraron en el sistema solar Vador IV, Aida comenzó a incorporarse en la cama. Parecía desconcertada. Se cubrió los ojos de las luces del Star Jumper.

"¿Dónde estamos?" dijo.

"Estamos en el sistema estelar Vador IV en el espacio Itor. Es el sistema estelar natal de Vinosa", explicó Atticus.

"¿Cómo llegamos hasta aquí?" dijo Aida en un estado de confusión.

"Bueno, lo logramos con algo de suerte", sonrió Atticus.

Una luz se encendió en la parte trasera del Star Jumper, señalando a Atticus que el Star Jumper había entrado en órbita alrededor de Vinosa. Atticus subió al módulo de mando. Se sentó en la silla del copiloto. Llub parecía más relajado ahora que el acoplamiento espacial estaba en marcha.

Llub comunicó que necesitaban un espacio para el transporte terrestre. Después de un rato, los tres estaban en el muelle espacial que orbitaba Vinosa. Para Aida y Atticus, fue un asombro ver tantos Itors en un solo lugar al mismo tiempo. Eran una especie poderosa y lograban maravillas.

Encontraron un espacio para el transporte terrestre. Se dirigían a una de las ciudades itorianas para realizar investigaciones científicas en Vinosa. Llub había decidido que Aida se beneficiaría de la ciencia médica y física itoriana. Aida se levantó de la mesa cuando el transporte aterrizó.

Vinosa era un mundo barrido por el viento con patrones climáticos notoriamente impredecibles. Su entorno árido estaba salpicado de nubes de lluvia mientras Atticus observaba desde un acantilado no muy lejos de la ciudad de Dowa. Los científicos emergieron rápidamente de los edificios que rodeaban la plataforma de aterrizaje. Rápidamente llevaron a Aida y la pusieron en una mesa flotante. Atticus y Llub los siguieron.

Mientras caminaban, Atticus experimentó de repente un dolor de cabeza intenso. Sus ojos se volvieron sensibles a la luz de los edificios y el sol. Por un momento, pensó que se quedaría ciego. Atticus cayó brevemente al suelo, solo para ser sostenido por Llub.

"¿Qué ha pasado?" dijo Llub.

"No lo sé. No es nada, solo un pequeño dolor de cabeza", murmuró Atticus entre dientes. Sus manos también empezaban a sudar. Aida fue llevada al interior de un edificio que parecía un hospital. Atticus decidió quedarse afuera. Evitó a los Itors. No quería que le hicieran preguntas. El dolor de cabeza y el sudor en las palmas persistían.

Llub se quedó fuera del edificio con Atticus. Ocasionalmente, los Itors revoloteaban a su alrededor. Tenían una reunión con uno de los generales del ejército itoriano. Después de la pérdida del Capitán Bahm y las luchas con los Kernanitas, necesitaban refuerzos para ayudarlos a cruzar hacia los Mundos Independientes. Un Itor vestido con un mono plateado se acercó a ellos.

"Llub del Quinto Pacto. Soy el Gran General Rowber. Encantado de verte de nuevo", dijo el Gran General Rowber.

"Lo mismo contigo, Gran General de la Flota", exclamó Llub.

"Este es mi compañero, Atticus Lokar", presentó Llub.

"Encantado de conocerte. ¿Qué podría hacer un Gran General por vosotros dos?" dijo el Gran General.

El Gran General, Llub y Atticus se dirigieron a una zona de Dowa donde estaba estacionada la mayor parte de la flota itoriana. Atticus se quedó asombrado por lo avanzada que era su tecnología. Una nave itoriana podía enfrentarse a tres naves kernanitas antiguas. No estaba seguro sobre las nuevas naves kernanitas que había visto. Llub estaba dentro de una de las naves cuando se oyó un grito femenino itoriano. Él y el Gran General salieron de la nave.

Algo le pasó a Atticus. Atticus se había cubierto los ojos. Su piel expuesta tenía zarcillos negros atravesándola. Algunos Itors se acercaron para ayudar a Atticus, pero de repente, emanó luz de Atticus, y arrojó a los Itors al suelo. Atticus estaba en el suelo en el área de la Flota Itoriana. Cualquier objeto que no estuviera sujeto a algo comenzó a flotar. Los Itors sacaron sus escáneres y pistolas de iones hasta que Llub se acercó a ellos.

"Bajad vuestras armas. Lo que le sucedió a Aida ahora también le ha sucedido a Atticus", afirmó.

Las tenebrosas hebras negras seguían recorriendo su piel. Llub logró consolar a Atticus colocando su mano en su hombro, pero los objetos seguían volando por todo el campo militar de Dowa. Llub no retrocedió ante la poderosa fuerza que emanaba de Atticus.

Atticus comenzó a gemir y gritar. Luego, una materia luminosa salió disparada de sus manos. Golpeó a Llub y lo hizo tambalearse hacia el otro lado del centro militar. Los miembros de la flota Itoriana dieron un paso atrás. Tan pronto como lo hicieron, Atticus miró al cielo y gritó con furia. La luz pulsante que emanaba de Atticus ascendió por el cielo ventoso hasta el espacio.

Lo que los Itors vieron después los aterrorizó. Un éter azul, como el de los kernanitas, había salido de los ojos de Atticus. Su piel estaba cubierta de líneas negras. Algunas conducían hacia y desde sus órganos. Atticus permaneció allí con el puño cerrado, como si estuviera a punto de enfrentarse a los Itors que lo rodeaban. Llub empezó a acercarse a Atticus, incluso con la energía fluyendo a través de él.

Los Itors continuaban retrocediendo y murmuraban entre ellos. Atticus se recompuso, pero sentía que lo que fuera que le había pasado, ya lo había superado. En cuanto vio al Gran General, pensó inmediatamente en Aida.

Le hizo una señal a Llub de que necesitaban encontrar a Aida. Llub se quedó atónito ante la petición de su compañero. Las venas ennegrecidas en su piel sobresalían y pulsaban.

"¡Atticus, no estás bien!" dijo Llub.

"No permitiré que nadie me vea hasta que lleguemos a los Mundos Independientes," declaró Atticus con firmeza.

Lo que Atticus había pasado comenzaba a desvanecerse de la memoria de los Itors que lo rodeaban. Cuando Llub miró directamente a los ojos de Atticus, un destello azul surgió de ellos. Llub lo dejó pasar, al igual que el resto de los Itors. Habían llamado a Atticus un amigo y sabían que estaba lejos de casa. Y había conocido al enemigo. O, al menos, eso creían.

Atticus y Llub se apresuraron al centro médico donde Aida estaba siendo tratada. Antes de que llegaran a su habitación, ella estaba de pie en la entrada.

Sonrió. Su piel cristalina y blanca volvía a brillar. Llevaba un mono Itor.

Atticus y Aida se abrazaron de inmediato. ¿Sabía ella lo que acababa de sucederle? Unos quince médicos se acercaban a Atticus, Llub y Aida.

"¿Cómo le fue, doctores? ¿Saben lo que le ocurrió?" dijo Atticus con una voz firme pero preocupada.

"Aún hay mucho por descubrir en esta galaxia o, más precisamente, en este universo," dijo un médico.

"Aida fue una paciente difícil. No sabemos mucho sobre los humar, médicamente hablando," dijo otro.

"Pero sabemos que aumentó la velocidad de su metabolismo," afirmó un joven doctor.

Todos examinaron a Atticus de arriba abajo. Su cuerpo aún estaba salpicado de vasos negros, y los Itors no parecían sentirse cómodos.

En el fondo, el Gran General Rowber parecía que aún cumplía su promesa de reunir algunas naves para que Atticus y el grupo se dirigieran a los Mundos Independientes. Aida observó detenidamente los cambios que habían ocurrido repentinamente en Atticus. Asintió con la cabeza en señal de aprobación.

"Este Atticus tenía que suceder," dijo, señalando las venas negras.

Un caza itoriano aterrizó a poca distancia de ellos. Aida felicitó a Llub y Atticus por haber negociado un trato con los Itors. Llub observó el caza.

"No puedo esperar para poner esto en el espacio," dijo.

"Yo sí. Sería bueno tener a otra persona que pueda pilotar," bromeó Atticus.

Atticus estaba junto al caza itoriano hablando con Llub. Mientras tanto, Aida volvió al transporte terrestre para el espacio. Cuando logró encontrar un lugar donde sentarse, reflexionó sobre todo lo que había sucedido. Así es como debe suceder, pensó. Sabía que había algo más en Atticus. Después de todo, ¿qué hacía un Stie Luxiano en Fina y luego logró recoger a una Humar? ¿Quién es él?, se preguntó.

Llub subió al caza itoriano. Atticus le hizo un gesto de despedida. Atticus aún necesitaba a Llub, pero lo necesitaba incluso más, considerando los eventos que habían cambiado su vida. Abordó el transporte terrestre-espacial.

Cuando llegaron al muelle espacial, Atticus se sintió más aliviado de que no hubiera sucedido nada más. Aida, también, parecía más que agradecida. Ahora tenían la intención de dirigirse directamente hacia los Mundos Independientes. No había mucho en el camino hacia el mundo natal de Atticus, salvo una antigua colonia Stie Luxiana en Ui-Jer.

Ui-Jer no era solo una colonia; también era conocido como un lugar divertido para detenerse y participar en muchas actividades de entretenimiento. Era un mundo salpicado de islas y sin un continente principal. Era un punto intermedio donde Llub y Atticus podían secuenciar sus motores correctamente.

Llub ya estaba en el muelle espacial cuando el transporte terrestre-espacial llegó. Atticus entró al muelle espacial y dio una propina a uno de los asistentes que cuidaba el Saltador Estelar. El Saltador Estelar se separó suavemente del muelle espacial con un bajo estruendo. Cuando pasaron los anillos de Vinosa, saltaron al hiperespacio.

Atticus miró la oscuridad del espacio y luego observó la negrura de sus venas. Aida estaba durmiendo en el módulo de pasajeros del Saltador Estelar. Tomó aproximadamente una rotación de un día Stie Luxiano para llegar a Ui-Jer. Llub llegó puntualmente también. Los tres pasaron por los protocolos de desembarque y embarque. Su transporte espacial a terrestre llegó a uno de los archipiélagos más lejanos de Ui-Jer.

Tan pronto como desembarcaron del transporte espacial a terrestre, se vieron sumidos en el caos. Los lugareños estaban celebrando un ritual llamado Manertom. Era una celebración de amor y libertad. Era algo que los tres estaban buscando, especialmente la libertad. Algunos de los lugareños comenzaron a observar a Atticus y su grupo. Parecía que el chisme se estaba extendiendo. El viento despeinó a Atticus, arrojó su capucha hacia atrás y reveló su humanidad. Los lugareños se sorprendieron de que fuera un Stie Luxiano.

Aida y Llub caminaron con Atticus por la comunidad cerca de la playa en Ui-Jer. Decidieron caminar a lo largo de la costa, y el viento barrió la arena naranja de la isla. Después de caminar por la costa, regresaron a la comunidad donde habían llegado.

Algunos lugareños los miraban por encima del hombro y otros señalaban a Atticus, Llub y Aida. Cuando estaban en la calle principal, un lugareño de mediana edad se les acercó. De repente, levantó el puño y lo envió volando para golpear a Atticus. Atticus se apartó del golpe.

"¿Cuál es tu problema?" dijo Atticus.

"Eres un traidor que dejó el mundo natal," dijo el hombre.

"Ni siquiera te conozco," replicó Atticus.

Atticus pensó por un momento. Técnicamente, nadie en este mundo colonial sabía quién era él. Este hombre parecía saberlo. Y estaba enfadado.

"Tu madre era una noble reina de D'Er, uno de los Mundos Independientes que era miembro del Consejo," dijo el hombre.

Atticus fue inmediatamente inundado por emociones. Con una acusación tan extraña, ¿cómo podrían Llub y Aida creerle? pensó. Nunca pensó que valiera la pena hablar de su pasado con las personas que conocía en sus viajes, a menos que la situación lo justificara. Quería saber más sobre lo que este hombre sabía.

"Primero, ¿cuál es tu nombre?" dijo Atticus con curiosidad.

"Mi nombre es Goronoi de Ui-Jer. Viví aquí en Ui-Jer y fui enseñado en los caminos de los Mundos Independientes por mi madre y mi padre," clamó.

Atticus aún no podía creer que estaba a punto de hablar de su pasado tan cerca de regresar a Stie Lux. Atticus miró al hombre de arriba a abajo. El sol brillaba sobre el cabello negro del hombre.

"Entonces, ¿tu familia no era originalmente de un Mundo Independiente? ¿Cómo sabes que mi madre era una reina de D'Er?" inquirió Atticus.

"Mi familia buscó protección de los Mundos Independientes cuando los kernanitas emprendieron su campaña militar más reciente, hace más de treinta años. Mi padre se convirtió en miembro de los sirvientes civiles diplomáticos de tu madre," dijo.

Aida y Llub lo miraron con preocupación mientras Atticus afirmaba con el hombre. De repente, Goronoi se inclinó y cerró los ojos. Atticus reconoció el movimiento como una señal de respeto por alguien que ha pasado al más allá.

"Tu padre fue uno de los grandes generales durante la última guerra. Siempre se ha hablado bien de él aquí en Ui-Jer," dijo Goronoi.

Atticus quería saber por qué Goronoi le había lanzado un puñetazo. Era un compañero Stie Luxiano. Las crestas en su frente demostraban que lo era, pero Atticus se veía ligeramente diferente a él. Goronoi vio esto e intentó tocar a Atticus en el brazo. Se sintió repelido.

Atticus miró a Aida, quien parecía estar absorbiendo las palabras del hombre. Atticus quería saber cómo lo percibiría la gente y qué significaría eso para su búsqueda de libertad.

IX

Goronoi continuó evaluando a Atticus. El grupo de tres se encontraba frente al solitario lugareño de Ui-Jer. Finalmente, Atticus se movió.

Goronoi contrarrestó el movimiento de Atticus, pero no antes de que Atticus pudiera acumular más fuerza y enviar al lugareño al suelo. La pelea sorprendió a Aida, al igual que las acusaciones que Goronoi hizo sobre Atticus.

Llub ayudó a inmovilizar al lugareño en el suelo. El lugareño tenía una complexión muscular, por lo que su fuerza comenzó a superar a la de Atticus, pero no con la fuerza de un Itor. Finalmente lograron poner las manos de Goronoi detrás de su espalda. Llub lo mantuvo en su lugar.

"¿Qué tipo de pelea tienes conmigo?" dijo Atticus a Goronoi.

"Una pelea por honor y verdad," jadeó Goronoi.

"¿Qué sabes sobre mi familia, mi madre y mi padre?" dijo Atticus.

"Lo sé prácticamente todo," dijo Goronoi. "Podrías matarme con mis intenciones de tomarte prisionero."

Atticus estaba desconcertado. ¿Quién era este tipo? pensó. Los Stie Luxianos nunca luchaban entre ellos, y el Consejo había mantenido unidos a los Mundos Independientes durante milenios. Goronoi miró a Atticus de nuevo.

"Y te ves diferente. Ya no eres un Stie Luxiano… solo una impresión de un Stie Luxiano," dijo Goronoi.

"Podrías dejar de querer tomarme prisionero," ordenó Atticus. "Gracias por tu testimonio sobre mi familia, pero regreso a Stie Lux. Todo está bien por ahora."

Algunos de los lugareños, leales a los Mundos Independientes, regresaron para llevarse a Goronoi. Atticus se sentía agotado por la pelea. Trató de apartar pensamientos sobre traidores al fondo de su mente. Quería disfrutar de su tiempo en Ui-Jer, pero esto era serio.

Llub comenzó a preguntar a algunos lugareños si habían visto a algún kernanita de piel negra. Entonces señalaron a Atticus y sus venas ennegrecidas. Habían visto esto hace mucho tiempo en la historia de Ui-Jer.

Llub regresó preocupado por las preguntas a los lugareños. Escribió todo y luego comenzó a contarle a Atticus lo que había encontrado.

"Dijeron que eres un kernanita, Atticus," dijo Llub con cierto desánimo.

"¿Qué quieres decir? Ya peleamos con ellos. Sabemos que están en nuestra pista. Incluso secuestraron a Aida. ¡No soy un kernanita!" gritó Atticus.

Llub miró a Atticus y Aida. Los Itors eran formidables en su conocimiento de la galaxia, pero esto ponía a prueba su poder y destreza. Parecía que Llub aún confiaba en Atticus. Atticus también miró de cerca a Llub. Llub rompió el silencio.

"Cuando estábamos en Vinosa, los mejores científicos se tomaron un tiempo para descubrir lo que le estaba ocurriendo a Aida desde una perspectiva científica. Y ahora, tú, Atticus," dijo con convicción.

Llub parecía buscar una respuesta en su mente. Los Itors eran una raza poderosa, pero carecían de gracia y sabiduría. Pensó profundamente.

"Debe ser un evento espiritual o religioso," dijo.

Atticus miró a Llub. Eso era lo que el lugareño de Ui-Jer intentaba decir. En cuanto a los lugareños, Atticus era un kernanita, pero no era simplemente una relación cualquiera con un kernanita.

"¿Eres el hijo de una reina y un general?" dijo Llub.

Los ojos de Atticus le lanzaron una mirada penetrante a Llub, "Soy quien digo ser, y hasta que diga algo más, ese tipo no importa."

Llub miró a Aida. Aida no ayudó a sacar una conclusión sobre la condición de Atticus. Llub parecía preocupado por ambos, Aida y Atticus.

De repente, Atticus agarró su brazo derecho superior. Gritó de dolor. Aida y Llub corrieron hacia él. Atticus seguía gritando. Le arrancaron la chaqueta. Su tatuaje estaba brillando.

Todos los Stie Luxianos tenían un tatuaje que indicaba que formaban parte de los Mundos Independientes y que nombraba a su familia. Llub y Aida no podían descifrar lo que significaba o decía. Atticus miró su tatuaje. No podía creer que su cuerpo reaccionara como lo estaba haciendo al metal de los tatuajes.

Llub consiguió un botiquín para examinar el hombro de Atticus. Aida observaba. Los ungüentos del botiquín aliviaron el tatuaje de Atticus, pero aún brillaba y Atticus seguía con dolor.

La oscuridad caía sobre Ui-Jer, y necesitaban acampar. Encontraron a un lugareño de Ui-Jer leal a los Mundos Independientes y acamparon junto a la playa en uno de sus bungalows.

Aida se paró sobre una roca. Miró hacia el mar. La noche estrellada sobre las olas rompientes era impresionante. Llub se acercó a Aida, y un meteorito pasó por la atmósfera. La luna de Ui-Jer iluminaba con un resplandor rojo las arenas del archipiélago. Atticus estaba en el bungalow, atendiendo su brazo.

De repente, escuchó un zumbido en su oído, y el interior del bungalow se oscureció. Escuchó los sonidos inquietantes de alguien hablando, y sus ojos se movían de un lado a otro en la oscuridad.

"¿Quién está ahí? ¿Qué quieren de mí?" gritó Atticus. Escuchó sonidos amortiguados de la voz de alguien, y el tatuaje de Atticus brilló aún más. Escuchó a alguien llamando su nombre.

Atticus solo sintió una sensación ominosa hasta que, de repente, sintió como si alguien estuviera dentro de su cabeza. Imágenes de Aida pasaban por él y por sí mismo. Vio el mundo natal de los kernanitas, luego nada.

Entonces, un grupo de letras parecía haber sido grabado en la oscuridad. Brillantes ascuas rojas y naranjas caían de las letras. Atticus entrecerró los ojos. Decía "T'Shar". Atticus se encontraba ante las letras, y de repente, algo o alguien lo agarró por el cuello. Sus pies se levantaron del suelo lo suficiente como para que pudiera mirar hacia abajo al suelo del bungalow. Siguió mirando hacia abajo, y luego la brillante llama azul de los ojos de un kernanita apareció en su campo de visión.

"No necesitas retraumatizarme, ¿sabes?" dijo al kernanita.

De repente, un viento frío sopló sobre él, a pesar de estar en una cálida playa de Ui-Jer. Atticus miró a su alrededor nuevamente mientras la habitación se oscurecía por completo. Se escuchó un rugido, como olas rompiendo en la playa. Luego, la luz rompió la oscuridad y apareció la silueta de un kernanita. Empuñaba una espada en la que se veían estrellas.

"Yo sé quién eres," dijo Atticus, "Eres el kernanita Ba'Gam."

La figura asintió e hizo un gesto a Atticus. Sintió una atracción misteriosa. No pudo evitar acercarse al kernanita, aunque sabía que podía matarlo. Por alguna razón, Atticus sintió que el kernanita estaba tratando de mostrarle algo.

Un mapa estelar apareció entre el kernanita y él. Mostraba todas las constelaciones de cada región de la galaxia. Atticus buscó los Mundos Independientes y los encontró. Encontró Stie Lux, la esfera multicolor, girando lentamente en el espacio. El kernanita agitó el mapa, mostrando el espacio distante de los Humarianos. Varias constelaciones se resaltaron. En algunos de esos mundos, las constelaciones no habían sido habitadas durante siglos o milenios, o nunca lo habían sido. Sin embargo, compartían una cosa en común: un grupo de cometas siempre pasaba por ellas. Había un total de doce cometas.

Atticus notó que algunos de los cometas se estaban acercando a Ui-Jer y Stie Lux y los Mundos Independientes. Otro estaba cerca del Espacio Kernanita. El kernanita luego miró a Atticus.

"¿Dónde está la Humar?" dijo el kernanita.

Atticus estaba desconcertado. ¿No podía verla? Los ojos de Atticus se movieron rápidamente por la oscuridad.

"¿No puedes verla?" dijo.

El kernanita lo miró con furia. "Sus habilidades telepáticas me están impidiendo verla."

"¿Qué quieres con ella?" exigió Atticus.

"Quiero un sacrificio para renovar los ciclos de vida de mi raza," dijo el kernanita. "Debe haber un sacrificio de las razas inferiores."

Atticus no sabía de qué estaba hablando, pero sabía que el kernanita se refería a la actual composición de la galaxia. El kernanita señaló el mundo natal de los Humar. En segundos, se mostraron escenas espantosas de ciudades ardiendo y personas huyendo. Luego señaló Stie Lux. Pudo verse a sí mismo y a Aida con un bebé. Atticus y ella estaban en la ciudad, en una de sus casas ancestrales, una de las de su padre.

Luego vio a Aida corriendo y entregando al bebé a un sirviente. En un instante, los kernanitas irrumpieron en la habitación de Aida, y un arma la golpeó, y ella cayó herida. Atticus apretó los puños.

"¡NOOOOOO!" le dijo al kernanita. "¿Por qué me mostraste eso?"

"Para mostrarte el camino," dijo el kernanita. "Eres uno de nosotros, hijo de T'Shar."

"¿De qué estás hablando?" exclamó Atticus, "¿Quiénes son los T'Shar?"

"Eres afortunado, Atticus," dijo el kernanita Ba'Gam, "Tienes el don de atraer al enemigo cerca."

El kernanita sonrió.

"Tu madre y tu padre te impidieron conocer tu verdadera identidad. ¿Recuerdas tu infancia, no? ¿Recuerdas la pérdida de tu padre durante la última guerra y de tu madre por la pandemia?" declaró el kernanita.

"No eran tontos cuando te trajeron a esta vida, Atticus. Lamentablemente, tampoco lo soy yo ni mi raza. Quiero algo de ti, Atticus," dijo de manera ominosa.

"¿Qué quieres, Ba'Gam? Y sea lo que sea que quieras, no puedes tenerlo. Es mío," exclamó Atticus.

"¿Oh?" dijo Ba'Gam poderosamente.

De repente, los ojos de Atticus comenzaron a brillar, al igual que el tatuaje en su brazo derecho. El kernanita Ba'Gam lo estaba levantando del suelo. Atticus miró hacia el mapa estelar.

"Lo que quiero de ti… es algo… más precioso que la vida misma," dijo Ba'Gam siniestramente.

Un cuchillo apareció repentinamente en el cuello de Atticus. Atticus intentó liberarse del agarre que Ba'Gam tenía sobre él. Ba'Gam apartó el cuchillo de Atticus.

"Realmente estás asustado, Atticus Lokar de D'Ner y Primer Real de los Mundos Independientes," dijo Ba'Gam lúcido.

Atticus no podía ver al kernanita Ba'Gam ya que llevaba la capucha puesta. Luchaba por mantenerse en pie. Atticus tocó su brazo derecho. Aún brillaba, y todo a su alrededor seguía oscuro.

"¿Qué quiero de ti, Atticus? Quiero la vida de la Humar," dijo Kernan explícitamente, "Esta es valiente, ¡y puedo sentirla!"

"No puedes tenerla," dijo Atticus.

"Pero ni siquiera sabes lo especial que eres, Atticus. Eres el hijo del T'Shar, quien fue traído a esta vida para tomar una decisión. Una decisión que ha caído del lado de los kernanitas y en el destino de muchos," dijo Ba'Gam.

Atticus no podía dejar de pensar en lo que el Ba'Gam estaba pensando. Ocultó su identidad, lo cual era cierto. ¿Cómo sabía tanto el kernanita? pensó. Sintió una debilidad en la trama del kernanita.

"Puede que no te necesite, Atticus, pero necesito a la Humar. Necesito un sacrificio de inocencia. Eres el T'Shar Atticus elegido por los dioses. Tienes que tomar una decisión. Y puedo decirte qué decisión tomarás. Elegirás el lado de nosotros, la antigua raza llamada los kernanitas. Nos entregarás a la amiga Humar como sustento. No será una vida, sino dos," dijo Ba'Gam.

Atticus escuchó a alguien en el bungalow. Luego, la oscuridad desapareció gradualmente, y la figura del kernanita se desvaneció bajo la luz de la luna. Los ojos de Atticus se encontraron con los de Aida. Ella lo agarró y le limpió el sudor de la frente. Llub estaba con Aida.

"¿Qué pasa, Atticus?" dijo Aida.

"Un kernanita… El kernanita Ba'Gam vino… y dijo que debo hacer algo en su nombre… o… o…"

Atticus comenzó a perder el conocimiento. Algunos lugareños corrieron para ver si podían ayudar. También sintieron una presencia que confirmaba lo que Atticus estaba diciendo. Llub agarró a Atticus y lo colocó en una camilla en el bungalow.

Aida se arrodilló junto a la camilla y atendió a Atticus. El tatuaje de Atticus seguía brillando, pero Aida lo cubrió para que los lugareños no lo vieran.

Atticus estaba desconsolado. Empujaba a Llub y a algunos de los lugareños mientras les gritaba. Se agitó hasta que vio a Aida.

"¡Aida! ¡Aida! ¡Pensé que te había perdido! Podría jurar que lo había llevado a cabo," dijo.

Aida se arrodilló junto a Atticus. Atticus respiraba con dificultad. Aida usó algunas de sus habilidades telepáticas para deducir lo que estaba experimentando: algún trauma inducido.

"¡Pero el bebé!" lamentó Aida.

"Los kernanitas no pueden tenerlo. No se los permitiré," gritó Atticus.

Aida tocó sus sienes, e inmediatamente, Atticus dejó de respirar tan agitadamente. Atticus se levantó y se sentó en el lado derecho de la camilla. Esto estaba resultando difícil de mantener en secreto, pensó. Decidió no contarle a Llub y Aida lo que había sucedido, ya que no podía comprenderlo. Atticus solo recordaba vagamente cómo había perdido a su madre hace tanto tiempo. Sentía como si estuviera perdiendo a alguien cercano a él nuevamente. Y estaba perdiendo a Aida rápidamente.

Pensó en todo. Pensó en cómo habían encontrado juntos el Cáliz de la Vida y habían ido a todos esos mundos. ¿Cómo podría ser que la perdería? Atticus tocó su vientre. Podía sentir el calor de otra vida. Retiró la mano bruscamente al notar una sensación de rechazo. ¿Cómo podría contarle a Aida y Llub que es de una raza antigua, tan antigua como los kernanitas, llamada los T'Shar?

Atticus miró alrededor del bungalow y se recostó en la cama. Los lugareños regresaron a sus campamentos. Llub cantó una épica itoriana tradicional, que calmó a Atticus. Aida preparó su cama al lado de Atticus y luego se quedó dormida gradualmente. Llub permaneció despierto, durmiendo hasta que la luna estuvo alta en el cielo nocturno.

En el muelle espacial que orbitaba Ui-Jer, hubo una prisa hacia el centro de mando. Se habían detectado firmas de hiperespacio a lo lejos. Quienquiera que fueran, ya estaban justo encima del muelle espacial, pensó un tripulante.

Los miembros de la tripulación del muelle espacial intentaron contactar el área donde se detectaron las firmas de hiperespacio. Convocaron a su capitán. Se avistaron varios buques de guerra kernanitas.

El capitán del muelle espacial llamó a todos sus hombres al deber. Mientras Ui-Jer giraba y dormía, se vieron buques de guerra kernanitas en territorio de los Mundos Independientes por primera vez en siglos. Los tripulantes volaron sus naves hacia los buques de guerra. Sin embargo, ocurrió algo extraño. Era como si los buques de guerra estuvieran durmiendo. Su energía era mínima, y el centro de mando estaba bloqueado de sus canales de comunicación. Hasta que un caza del muelle espacial decodificó un mensaje que un buque de guerra kernanita estaba enviando. No era un mensaje de paz ni de guerra. Era un mensaje de ayuda.

X

Los miembros de la tripulación del muelle espacial y los pilotos estaban desconcertados por este mensaje de ayuda. Los buques de guerra kernanitas se dirigían a toda velocidad hacia ellos. La tripulación del muelle espacial se apresuró a sacar todos los barcos del muelle.

Cuando el último barco salió del muelle, un buque de guerra kernanita se estrelló contra el muelle, provocando una explosión que se pudo ver desde el suelo en Ui-Jer. La explosión se escuchó en todo el archipiélago donde estaban Llub, Aida y Atticus.

Nadie tuvo la oportunidad de dormir. Los lugareños señalaban y miraban el cielo nocturno, o corrían, gritaban y tomaban lo que podían de sus casas. Los restos ardientes del buque de guerra kernanita caían desde la órbita.

Atticus se agarró el pecho y se arrastró hacia fuera del bungalow. ¿Ya era el momento de que las palabras del kernanita se hicieran realidad? El fuego explotó sobre el agua y bailaba en las olas alejándose de la playa. Atticus, Aida y Llub miraron sobre el agua hacia el horizonte. Se podían ver explosiones y fuego en grandes áreas. Llub sacó su comunicador.

"¡Llub al Muelle Espacial Ui-Jer!" dijo Llub.

No se escuchó nada del otro lado, excepto el pitido de un localizador. Pasaron momentos y luego minutos. El grupo asumió lo peor. Nadie sobrevivió, y el Saltador Estelar fue destruido.

Un líder de una de las aldeas junto a la playa corrió hacia Atticus.

"¿Ese era el muelle espacial?" dijo el aldeano asustado.

"Sí, lamentablemente lo era. Nadie salió con vida. Perdimos nuestro transporte, el Saltador Estelar," dijo Atticus.

Llub corrió hacia un bungalow para señalar que habían sobrevivido al aterrizaje del muelle espacial. Atticus agarró a Aida y la apartó de la luz creciente del aterrizaje. El excelente aire de la playa golpeó su tatuaje. El comportamiento del tatuaje significaba que los kernanitas estaban llegando. Las llamas parpadeaban sobre la playa, y Atticus seguía mirando hacia el mar.

"¡Vamos, Atticus!" dijo Llub, "Encontraron el Saltador Estelar."

Un tripulante del muelle espacial estaba de pie, sombrío, fuera de los límites del pueblo, en una plataforma de aterrizaje. Personal médico atendía a algunos miembros de la tripulación del muelle espacial. Atticus buscó en la playa para ver si podía encontrar a Aida. Llub y Atticus tropezaron con la parte trasera del Saltador Estelar. Un tripulante estaba pilotando la nave ahora. En el pánico del accidente, Atticus sintió que el Ba'Gam había ganado. ¿Sabía también que Aida esperaba un hijo? ¿Por qué tenía que ser Aida? Podría ser cualquier otro Humar en la galaxia. Ahora estaban en juego dos vidas.

Atticus buscó en su mente una respuesta sobre el próximo movimiento del Ba'Gam. Vislumbres del futuro pasaron ante Atticus. Quería cambiar lo que Ba'Gam había dicho sobre Aida. Intentó tocar a Aida y rezó para que lo que había sucedido fuera solo una pesadilla. Sintió el aire fresco de la playa en su rostro de nuevo. Cuando la puerta del Saltador Estelar se cerró, miró a Aida, que asentía de un lado a otro mientras dormía.

Quería huir de todo. Se sentía como un cobarde por permitir que Ba'Gam descubriera a Aida. Debería haber hecho más para protegerla. Ahora están huyendo y necesitan más alianzas. Imágenes pasaron por la mente de Atticus. Fuego, gritos y su madre sosteniéndolo cerca de su cuerpo. Sostenía un collar con el escudo de su familia. Su madre y él fueron llevados a un complejo subterráneo donde podrían escapar.

Recuerda a su madre como la mujer más elegante de las galaxias conocidas. Ella era como un sueño, siempre allí para consolarlo contra la dureza de su era y el espacio estéril. Su padre estuvo presente cuando era joven. Era el refugio bajo el cual Atticus se transformó y prosperó. Atticus también recuerda el fatídico día en que su padre fue llamado al deber para defender su hogar. Escucha los murmullos de los sirvientes consolando a su abuela cuando su padre le dice a la familia que un ataque se aproxima y que quiere servirles con honor.

Algunos de los sirvientes lloraron cuando se les dijo que algunos de ellos debían irse, ya que podría llegar un ataque, pero todo eso fue hace tanto tiempo, continuó pensando Atticus. Atticus creía que solo podían regresar a un lugar, Stie Lux. Deben ir allí ahora antes de que la situación se salga de control.

Aida todavía tenía el secreto de su hijo no nacido. Un futuro que Atticus podía ver que yacía dentro de ella. Los kernanitas quieren eliminar a su hijo. Sentía que su mundo estaba terminando. Los kernanitas encontraron algo especial en Atticus. Atticus pensaba que el universo estaba conspirando en su contra. Sentía que Ba'Gam había tocado algo en él, algo antiguo. Era más difícil de contener desde que comenzó la guerra con los kernanitas.

Sentía que era un mentiroso. Era más difícil ver la verdad ahora que su secreto se conocía. Enterró el secreto profundamente dentro de él y cubrió su vida con mentiras. Tanto así que deseaba que los muertos enterraran a los muertos, incluidos su madre y su padre. Aida se veía en paz allí, acostada dormida en la parte trasera del Saltador Estelar. Fue al otro extremo del Saltador Estelar. Atticus no podía sacar de su mente la imagen de uno de los complejos en Stie Lux en los que él, su madre y su padre se escondieron durante los ataques en su mundo natal. Atticus sentía que quería a Aida y el poder mostrado por los kernanitas.

Sentía que de alguna manera conocía a los kernanitas. Nadie parecía estar listo para admitir lo que les sucedió a Atticus, Aida y Llub. Y ahora, parecía que al resto de la galaxia tampoco. El Saltador Estelar continuaba su camino hacia Stie Lux. El espacio retorcido pasaba frente a las ventanas del Saltador Estelar. Sentía que habían pasado siglos desde los eventos de Xo'Ti y su viaje. Y ahora, esto. Atticus necesitaba un refugio. Pensó rápidamente: los asteroides del sistema estelar Devlin XX. Los asteroides de Devlin XX eran los refugios de una raza conocida como los Jael. Esa raza es conocida por su pensamiento, planificación y estrategia. Se habían aislado durante mucho tiempo entre las rocas y el hielo de Devlin XX. Los Jael habían rechazado incontables invasiones de su territorio.

Llub estaba en la consola pilotando el Saltador Estelar. El tatuaje de Atticus seguía brillando. Le alertaba del hecho de que los kernanitas estaban cerca o siguiéndolos. Atticus fue a la consola de comunicaciones e intentó recuperar el mensaje deteriorado de ayuda enviado a través del espacio.

Atticus tomó una taza de gar'kirtori, o té Stie Luxiano, y pensó en el capitán Reno. La posibilidad de que el mensaje pudiera haber sido de él. Atticus reflexionó más sobre Reno. Aunque Atticus…

Atticus, preocupado, sabía que Reno era un guerrero y soldado entrenado. Sabría dónde buscar a Atticus. Pasó más tiempo analizando el mensaje roto hasta quedarse dormido en la consola.

Atticus se despertó con el Saltador Estelar sacudiéndose. Miró a su alrededor en el centro de mando. La silla del piloto estaba vacía. Volvió a la cápsula de pasajeros y encontró a Llub dormido. Le dio un puñetazo en el hombro. La piel y el cuerpo de Llub absorbieron el golpe y, en cambio, Atticus se quejó de dolor. Los Itors eran de hecho una raza fuerte. Atticus decidió gritarle en el oído, pensando que lo sorprendería lo suficiente como para que volviera a pilotar el Saltador Estelar. A los Itors les gustaban las sorpresas en sus interacciones y cultura.

"¿Para qué fue eso?" dijo Llub.

"Dejaste la consola del piloto y te quedaste dormido, y ahora el Saltador Estelar está pasando por turbulencia," ordenó Atticus.

Llub se levantó de la cama y se sacudió. Frunció el ceño con preocupación. El Saltador Estelar seguía sacudiéndose. Corrió hacia el centro de mando. Finalmente habían llegado a los asteroides de Delvin XX.

Los sensores delanteros guiarían al Saltador Estelar a través del campo de asteroides más externo hasta donde los Jaelianos construyeron su refugio.

La consola de comunicaciones pitó y siseó. El Saltador Estelar estaba captando otro mensaje con un código de encriptación similar al del Saltador Estelar. ¿Cómo es eso posible? pensó Atticus. Cada Saltador Estelar tenía un código de encriptación único. Atticus decidió decodificarlo. El código estaba en un idioma que no entendía, pero reconoció la voz diciendo el código. Era el Capitán Reno Bahm. Estaba vivo. ¿O no? En Ui-Jer, quienquiera que estuviera en persecución o persiguiendo terminó estrellándose.

Llub hizo un gesto hacia Atticus. Ambos miraron por la ventana. Habían llegado a los asteroides más internos. La luz del sol se reflejaba en los cráteres cubiertos de hielo de los asteroides más grandes. Atticus, Aida y Llub pudieron ver las biosferas brillantes de Delvin XX. La consola de pilotaje señaló un muelle espacial. Atticus tomó la mano de Aida.

En el reflejo del cristal de la pantalla de visualización del Saltador Estelar, pudo ver su tatuaje aún brillando. Aida se había recuperado del incidente en Ui-Jer. Atticus fue más allá de tomar sus manos y tocó su vientre. Se preguntaba cuánto tiempo pasaría hasta que llegara el niño. El Humar es tan diferente al resto: antiguo y misterioso.

El equipo de tres entró en la biosfera central de los Jaelianos. No había nadie alrededor cuando ingresaron a la biosfera. La raza Jaeliana se dividía entre los que vivían en la superficie de los asteroides y los que vivían bajo sus superficies. Aida mostró preocupación, pero no era una preocupación manifiesta por su llegada a los asteroides de Delvin XX.

Varias aberturas se abrieron alrededor y frente a Aida, Llub y Atticus. Una criatura de apariencia robótica con apéndices como de araña emergió suavemente de la hibernación. Un cerebro pulsaba en la región de la frente del robot. Era parte orgánico y parte máquina. Sus ojos bulbosos miraban fijamente a los tres.

Aida tocó su estómago. El robot tenía una pantalla en el pecho junto a sus brazos arácnidos. Los tres se pararon frente a él, y un zumbido salió de él. Un láser cayó sobre el estómago de Aida. La pantalla del robot se iluminó con las palabras casa y familia. Llub sacó una pistola de iones de su cadera. Atticus le hizo un gesto para que bajara el arma.

"Pareciera que sabe lo que ha pasado," dijo Atticus.

"Nos está escaneando. ¡Deberíamos dispararle!" exclamó Llub.

La cosa robótica se alejó de los tres y caminó hacia la distancia de la biosfera en forma de cúpula. La arquitectura de la biosfera era antigua y sofisticada, y los Jaelianos no habían cambiado su estilo en siglos.

Caminaron hacia el otro lado de la biosfera, y una puerta se abrió. Al principio, no se movió. Luego, Aida movió su mano sobre la puerta. Se abrió. Atticus la miró con curiosidad. Ella estaba practicando más, pensó.

La puerta se abrió lentamente, mostrando una habitación sombría con ventanas en la oscuridad del espacio. Hacia el final de la habitación había un área de observación. Aida caminó hacia el área de observación primero. Aida miró un cráter gigantesco en el asteroide que parecía interminable. En lo que parecía el centro del cráter había un cilindro flotando sobre él, con esqueletos tallados en su superficie. Había una larga pasarela hacia el cilindro.

"Vamos," dijo Aida, "Necesitamos acercarnos más."

Ráfagas de aire azotaban a su alrededor mientras caminaban hacia el otro lado de la pasarela. Una vez que llegaron al cilindro, Atticus sacó un escáner. Frunció el ceño. Introdujo más información.

"Es antiguo. Y esas son inscripciones Humarianas," dijo Atticus en un susurro grave.

Los ojos de Atticus se movieron de un lado a otro rápidamente. El aire que se movía velozmente los rodeaba nuevamente. Los ojos púrpura de Llub analizaban la estructura.

"Esos son relieves de esqueletos Humar," dijo Llub, "Parece que los Jaelianos han hecho honor a su nombre de esconder cosas."

Atticus tocó el cilindro y las inscripciones que lo rodeaban. Energía azul y luz pulsante iluminaron las inscripciones del cilindro, que giraban lentamente. El tatuaje en el brazo de Atticus también se iluminó, pero esta vez quemaba dentro de su piel.

El cilindro se abrió completamente, y dentro había una tiara. Debajo de donde descansaba estaban inscritas antiguas escrituras en Humárico.

La tiara era de un blanco puro. Los tres se quedaron asombrados. Aida tocó el brazo de Atticus.

"Es como algo que solo he visto en un sueño," dijo Aida.

"Y está destinada para ti," dijo una voz enigmática detrás de ellos.

Aida se dio la vuelta, y allí estaba el Capitán Reno Bahm. Ella se sobresaltó. Atticus y Llub agarraron sus pistolas de iones.

"Pensábamos que estabas muerto, huyendo o en la cárcel," dijo Atticus, visiblemente afectado.

El Capitán Reno Bahm agitó su dedo hacia Atticus y miró al grupo. La cara de Bahm parecía un poco más cansada, pero llevaba un uniforme más elegante. Tenía la otra mano detrás de la espalda mientras señalaba y agitaba el dedo hacia Atticus.

"Acabas de engañar a la galaxia, hijo," dijo Bahm a Atticus.

"No hice ningún truco, Bahm," replicó Atticus.

"Y la encantadora Aida. Ella descubrió que era especial, después de todo," dijo Bahm con tono irónico, "Pero hay más."

"La Unión Estelar me perdonó mi pasado y quiere algo a cambio. Te quieren a ti, Aida, y podríamos incluir a Atticus y Llub por diversión," gruñó Bahm.

"¿Por qué la Unión Estelar me quiere, Bahm? No he hecho nada malo. Soy libre. Si algo, pertenezco de vuelta a Fina. Soy libre. La Unión Estelar no ocupa Fina," dijo Aida con orgullo.

"¿O sí lo hace?" dijo Bahm, "Los kernanitas han avanzado en el espacio de la Unión Estelar, los Itors y otras regiones. Muy pronto, estarán sobre los Mundos Independientes y tendrán sus premios, los tres."

"Una esclava convertida en una…" Bahm miró a Aida, "Lo que sea."

"¡Cállate!" exclamó Atticus. Atticus disparó un tiro de iones a Bahm. Bahm se mantuvo firme, y un escudo de fuerza absorbió la energía del ion.

"Vas a arrepentirte de hacerme eso. Pensé que podríamos ser amigos. ¿Quieres dinero, Atticus? ¿Un planeta? Podríamos darte todo eso," dijo Bahm.

"Ella no vale nada de lo que podrías ofrecer," replicó Atticus nuevamente.

"Desafortunadamente, Atticus, el niño ahora pertenece a la Unión Estelar. Para ser entrenado como un arma."

"Él no es un arma," dijo Aida.

"Ya veo. Entonces, es un niño," sonrió Bahm, "Será percibido como más poderoso, entonces."

Llub sacó su pistola de iones y disparó más allá del hombro de Bahm. Bahm contraatacó y sacó una pistola aturdidora, y lo dejó inconsciente en el suelo. Atticus saltó delante de Aida mientras Bahm disparaba un rayo de iones aturdidor hacia ella. Atticus cayó al suelo al perder impulso del salto. Aida agarró la tiara y comenzó a correr de Bahm. Bahm negó con la cabeza mientras la pistola aturdidora se recargaba. La apuntó a Aida y la disparó. La dejó inconsciente en el suelo.

XI

Aida despertó sosteniendo la pistola aturdidora del Capitán Bahm. Él yacía junto a Aida, y ella escuchó su respiración para saber si estaba vivo o muerto. Su aliento rozaba suavemente su rostro. Apenas estaba vivo. Una marca de quemadura estaba grabada en su pecho. Aida se sentó y miró alrededor de la pasarela. Aún no había señales de los Jaelianos. Llub y Atticus estaban inconscientes en el suelo.

A un par de pies de distancia estaba la tiara del cilindro. Un extraño sentimiento se apoderó de Aida. De repente, sintió ira y ansiaba el aire que rozaba su rostro en la pasarela. Agarró la tiara y se dirigió al centro del cilindro abierto. Había una caja allí para colocar la tiara. Y, en la caja, había un emblema que no reconocía. No era el emblema de la Unión Estelar, por lo que suspiró aliviada.

Las inscripciones pulsaban con luz. ¿Eso causó su falla al escapar? Debían haber sido los pulsos de energía, ya que también alcanzaron a Bahm. Fue simultáneo. Mientras se apresuraba, miró la carnicería causada por la misteriosa energía del cilindro. Buscó su botiquín y otros elementos esenciales para atender a Atticus y Llub. Antes de poder llegar a ellos, las luces se apagaron en la biosfera y la pasarela.

Aida miró a su alrededor asustada. Encendió un bastón luminoso y lo agitó sobre la pasarela y el área del cilindro. De repente, el bastón luminoso fue golpeado de su mano, derramando luz en exceso, pero fue suficiente para encontrar al culpable. Huellas polvorientas se movían alrededor de Aida.

"¡Muéstrate!" gritó Aida.

Aida se paró erguida y agarró otro bastón luminoso. Podía escuchar más pasos. Había algo de charla audible; podía decir que era el misterioso idioma jaeliano. Un Jaeliano apareció ante Aida. Su cara llena de tentáculos con cabello púrpura la miraba con desprecio y misericordia. Con razón se mantenían ocultos y misteriosos; eran horribles, pensó. A pesar de su pensamiento cortés sobre el Jaeliano, este decidió tomar un bastón de allí e intentar golpear a Aida. En su lugar, Aida atrapó el bastón, lo incrustó en la pasarela y lo rompió. La luz se dispersó por todas partes, revelando a siete Jaelianos. El sonido del bastón golpeando la pasarela fue lo suficientemente fuerte como para empujar a Llub y Atticus a la consciencia.

Llub y Atticus se sostuvieron la cabeza y cada uno agarró sus respectivas heridas. Tan pronto como Atticus se recuperó, colocó su pistola de iones en posición de levitación para usar el látigo de iones contra los Jaelianos, y tuvo éxito. La sangre amarilla de los Jaelianos goteaba de su nariz.

"¿Qué pasó? Los Jaelianos están inconscientes, y Bahm parece muerto," dijo Llub.

"No, aún está vivo," confirmó Aida.

"¿Por qué los Jaelianos se volvieron contra nosotros?" cuestionó Atticus.

"No son como los recuerdo: pacíficos, calmados y sabios," lamentó Llub.

"Entonces, ¿qué hacemos, chicos? ¿Vamos a buscar lo que sucedió con los Jaelianos o nos retiramos con Bahm?" bromeó Aida.

"Llub, quédate aquí con Bahm y los Jaelianos inconscientes. Sabes qué hacer si alguno de ellos se despierta. Seremos rápidos," ordenó Atticus. Gotas de sudor caían por el rostro de Atticus. Aida se veía decidida mientras corría junto a Atticus. Su piel cristalina reflejaba la luz que la pasarela y el cilindro enviaban a la biosfera. Llegaron a la puerta de una de las cuatro pasarelas. Uno de esos robots orgánicos e inorgánicos arácnidos y bulbosos apareció de la nada y cayó del techo. Aida levantó la pierna y la golpeó con fuerza en la frente suave del robot. El líquido salpicó sobre Atticus y Aida. Se apresuraron hacia la puerta. Esta se abrió rápida y silenciosamente.

"¿Qué tipo de habitación es esta?" especuló Atticus.

"Parece la habitación de una persona política o un líder," estipuló Aida.

Una silla en la habitación de repente giró para enfrentarse a Atticus y Aida. Y allí había un Jaeliano sin su manto, con atuendo formal completo. Parecía solemne.

"Pensaste que podrías huir. No puedes," dijo el Jaeliano en un tono cortante, "Escudriñarán la galaxia y encontrarán a tu hijo, Aida, a ti, a Llub e incluso al Capitán Reno. El Consorcio Jaeliano ahora sabe sobre los avances de los Kernanitas. Deberías buscar refugio aquí o rendirte. Por cierto, soy Mandz," dijo Mandz, colocando sus brazos en sus túnicas relucientes.

Los cortos tentáculos en la cara del Jaeliano se retorcían una y otra vez con cada respiración que salía de los agujeros que le servían como fosas nasales. Dos ojos diminutos continuaban mirando a Atticus y Aida. Mandz levantó la mano a su rostro y tosió. Una sustancia acuosa cayó de sus tentáculos sobre la consola en la que estaba sentado.

"He escuchado," dijo Mandz, "que quieres al bebé para ti misma, Aida."

Aida se puso rígida y dejó escapar un gemido. Sintió una presencia en su mente. Rápidamente, la ira recorrió su columna vertebral, y perdió el control de sus sentidos y cuerpo. Una onda de energía salió disparada de su cuerpo.

"¡Sal de mi cabeza!" gritó Aida, enfurecida con Mandz.

Atticus observó la situación. El niño también era suyo. Atticus miró cómo los dos luchaban telequinéticamente. De repente, Aida fue levantada en el aire y luego arrojada al suelo. Dejó escapar otro gemido.

"Detente, no quiero pelear contigo," ordenó Atticus.

"Yo tampoco," dijo Mandz, "También escuché que buscas un Cáliz. Un Cáliz de la Vida. ¿Qué piensas hacer con él? Escuché que te diriges a los Mundos Independientes—Stie Lux."

Atticus sintió que su plan se había derrumbado, pero había esperanza. Llub todavía esperaba por Atticus y Aida.

"¿Lo quieres?" preguntó Atticus con la respiración entrecortada. "Podría teletransportártelo."

El cuerpo de Atticus estaba tenso y en posición de salto. Mandz se sentó allí con los brazos cruzados en sus deslumbrantes túnicas.

"Sí, lo quiero. Te daré algunas monedas jaelianas. Vale la pena. Ya verás," afirmó Mandz.

Aida recuperó la conciencia y se puso de pie. Se sentía violada. ¿Qué sucedió? Miró a Atticus, que parecía inusualmente cansado.

Mandz se levantó de su asiento y le hizo un gesto a Aida para que se alejara. Sus túnicas ondeaban en el aire, y sus tentáculos dejaron un charco de baba mientras caminaba. Mandz pasó la mano por un panel de control y luego miró a Atticus.

Atticus tocó su cinturón de utilidad para transportar el Cáliz de la Vida. Mandz le dio las coordenadas, y Atticus presionó su cinturón para activar el dispositivo de teletransportación. El Cáliz de la Vida apareció en una mesa a unos 15 metros de Mandz.

"¡Estás entregándole el Cáliz!" exclamó Aida.

"Ayudará a proteger a nuestro hijo, Aida. Los kernanitas no seguirán a los Jaelianos. Son demasiado secretos y poderosos," dijo Atticus apresuradamente.

Atticus y Aida dieron algunos pasos hacia Mandz. Algunos de los tentáculos de Mandz se extendieron para agarrar el Cáliz por el cuello. Un extraño zumbido llenó la habitación. Luego, la habitación se llenó de una luz azul brillante. El zumbido continuó. Atticus y Aida se miraron; ahora, estaban parados en un plano astral estrellado con Mandz.

Atticus y Aida podían ver a Llub y a los otros Jaelianos entrando en el plano astral. A lo lejos, Atticus podía vislumbrar y ver destellos repentinos de las imágenes de los avances de los kernanitas en territorio extranjero. Un mundo caía tras otro bajo el fuego del armamento de la flota kernanita. Pronto pudo ver algunos de los mundos del Imperio Crinix tomados por múltiples flotas. Luego, llegaron a la Nebulosa Utopiana. Atticus tragó saliva mientras los ojos de Aida parpadeaban con furia. Llub corrió hacia ellos. Justo delante de Llub, vio el mundo natal de los Itor lleno de focos de fuego y su especie retirándose a algunas de las lunas que rodeaban su mundo natal.

Los Jaelianos se acercaron junto a Atticus, Llub y Aida. Mandz soltó el Cáliz, y este comenzó a flotar. El plano astral se centró en una nave espacial gigante y blindada en la flota kernanita. Lo vieron: Ba'Gam. Estaba de pie frente a un enorme mapa de invasión de la galaxia. Estaba rodeado de algunos de sus oficiales al mando. Sin embargo, había algo diferente. Una aurora azul rodeaba a Ba'Gam.

Los oficiales al mando estaban atentos, pero parecían molestos por Ba'Gam. Todos vieron el siguiente movimiento de Ba'Gam. Trazó una línea directa hacia los Mundos Independientes. El zumbido comenzó de nuevo. Era como si el Cáliz estuviera tratando de advertirles de algo. Tan rápido como vino el plano astral, desapareció.

Mandz se giró suavemente y se enfrentó a todos. Parecía solemne y asustado. Alguien no podría confundir las caras secretas y estoicas que se quebraban bajo la presión de lo que habían visto hoy. Los otros Jaelianos mostraban la misma mezcla de emociones.

"Lo que vimos hoy," dijo Mandz tristemente, "confirmó los ataques a todos. Ya no más rumores o engaños. Quieren que cada mundo caiga tomando esos mundos."

El otro Jaeliano fue al otro lado de la habitación y se alineó detrás de Mandz. Había expresiones de preocupación por todas partes. Uno interrumpió tocando el hombro de Mandz con su tentáculo.

"¿Qué vamos a hacer, Mandz?" dijo el Jaeliano con curiosidad, "El Consorcio podría ser el próximo en la lista de objetivos de Ba'Gam. Todos nuestros tesoros perdidos; todos nuestros secretos perdidos. Nos encontrará como al hijo de la Humar. Lentamente, como un depredador acechando a su presa."

Mandz masajeó sus tentáculos con la mano izquierda. El Cáliz permaneció en silencio. Fue a una consola y entró algunos datos. El Consorcio Jaeliano carecía de una flota, pero tenían armamento avanzado, el cual comercializaban en el mercado. El mapa no mostraba los avances de los kernanitas en su territorio extranjero; hasta ahora, solo era una visión.

"Doy la bienvenida a Atticus, Aida y Llub al Consorcio Jaeliano. Les daremos algunas de nuestras tecnologías, información y armamento para ayudarlos a luchar contra los kernanitas. Esto es para el beneficio del Consorcio y de todos los Jaelianos," declaró Mandz firmemente junto con los demás.

"Entonces tenemos mucho trabajo por hacer," intervino Llub.

Aida dirigió una mirada implacable hacia Atticus. Le hizo un gesto para que se apartara del grupo, y se reunieron juntos.

"¿Qué piensas de la oferta?" inquirió Aida.

"Creo que están siendo honestos. Acaban de ver que sus vidas y su forma de vida están en juego en esta guerra," afirmó Atticus.

"¿Crees que todavía quieren a nuestro hijo?" Aida preguntó más.

Atticus levantó la mano para calmar a Aida y que los demás no escucharan su debate. Atticus notó el bulto en el vientre de Aida. El niño había crecido dentro de ella. También estaba preocupado por Llub. Llub había visto el ataque al mundo natal de los Itor.

Llub miraba a Aida y Atticus debatiendo. Su pecho se llenó de tristeza al recordar las imágenes que el Cáliz presentó ante todos. Se sintió amenazado de alguna manera con esta revelación. ¿Cómo sabía este extraño objeto y las fuerzas detrás de él tanto? Sin embargo, al mismo tiempo sabía que podría ser un gran activo.

Mientras Atticus y Aida discutían las cosas, Llub se acercó a Mandz. El Jaeliano estaba mirando la consola con un mapa militar, lo cual llamó la atención de Llub. Llub tosió suavemente para captar la atención del Jaeliano.

Mandz levantó la vista, los ojos bien abiertos en señal de curiosidad y secreto. Se frotaba cada vez más los tentáculos amarillos y púrpuras. Llub estaba intrigado.

"¿Un Itor? Olvidé que tu especie todavía estaba en la galaxia. Lo que queda de tu especie debe significar que Ba'Gam ha estado en movimiento durante algún tiempo. Supongo que no necesitábamos la confirmación del Cáliz, después de todo," reflexionó Mandz.

"Sí la necesitábamos," dijo Llub con firmeza. "El Cáliz ha sido decisivo en los momentos en que funcionó. ¿Qué crees que significa el Cáliz? ¿De dónde proviene? ¿Puedes determinar algo al respecto?"

"La galaxia es más antigua de lo que crees," resopló Mandz, "Incluso ustedes, los Itors, que han empezado a abandonar la galaxia; lo saben. Eres demasiado joven para recordar muchas de las enseñanzas de tu especie, ¿eh? El Consorcio Jaeliano buscará de dónde proviene el Cáliz mientras les damos lo que necesiten, y pueden quedarse tanto como quieran. Aunque nuestros caminos se han cruzado ahora, deben partir pronto."

"Lo entiendo," dijo Llub, bajando la cabeza en señal de reverencia por su especie y por lo que dijo el Jaeliano.

"¿Sabes dónde comenzamos nuestro viaje, Mandz?" dijo Llub.

"No," respondió Mandz rápidamente.

"En Fina. Un Mundo Exterior. Estuve allí porque no quería unirme a la Gran Migración con los otros Itors. Llevé a algunos amigos, y así fue como conocí a Atticus y a todos, incluido el Capitán Reno Bahm."

Mandz levantó una ceja y dijo, "He oído hablar de Fina. Un planeta de bandidos con potencial. Ha producido algunos héroes en su tiempo, pero no es un mundo antiguo como al que se dirigen en este viaje."

"Fina es un mundo de esperanza. Aida era una esclava allí que buscaba la libertad. El Capitán Reno estaba— bueno—en retiro. Y Atticus se estaba divirtiendo."

El Itor se veía momentáneamente desconcertado cuando algo captó su atención por el rabillo del ojo. Aida y Atticus habían dejado de conversar, y Atticus se dirigía hacia Mandz. Mandz también vio lo que captó la atención de Llub. Aida había ido hacia una ventana al otro lado de la habitación que daba a la biosfera y al asteroide. Estaba sosteniendo su vientre, y parecía que estaba brillando.

Atticus agarró a Llub del brazo. Llub miró a Atticus con sus ojos púrpura. La preocupación se reflejaba en el rostro de Atticus.

"Llub, parece que estamos aprendiendo más sobre los Humar. El embarazo de Aida podría llegar a su fin en cualquier momento. Se reveló mientras debatíamos sobre el viaje," informó Atticus.

Los otros Jaelianos miraban a Aida y comenzaron a observar su forma brillante. Señalaron y se rieron. Algunos incluso hicieron apuestas sobre lo que sucedería a continuación en esta situación.

"Ustedes, los Humar, siempre montando un espectáculo. No es de extrañar que sean otra especie sin mundo natal. El hijo de un vagabundo será," dijo un Jaeliano con una cicatriz en el rostro cerca de sus tentáculos.

"Tal vez el niño sea una nueva especie. Escuché que es un cruce entre los Stie Luxianos y los Humar," se rió un Jaeliano con una cresta en la frente.

Mandz de repente desvió su atención de Llub y Atticus y miró a los otros Jaelianos. Sus tentáculos comenzaron a levantarse, y tres o cuatro objetos del tamaño de dardos salieron disparados de su boca debajo de sus tentáculos. Los otros Jaelianos cayeron inmediatamente de cara al suelo.

"¡Idiotas! ¿No han visto nunca a una mujer, sin importar su especie, embarazada? ¿Quién sabe lo que hará? El niño tiene nuestra bendición. El Consorcio Jaeliano proveerá para él," ordenó Mandz a los ahora cansados Jaelianos.

Atticus se acercó a Aida de nuevo e inmediatamente la envolvió con sus brazos. Miraron por la ventana, y Aida presionó su rostro contra el de él.

Atticus sintió el calor de su cuerpo.

"¿Escuchaste, Aida?" dijo en un susurro cariñoso. "¡Tenemos su bendición! Así que tenemos más a nuestro lado en este viaje."

XII

Habían pasado 400 días desde que vieron agua en las dunas de Y'Fert. La noche anterior, Llub hizo un campamento cuidando los restos de un animal local que los nativos llamaban un hodit. Era excelente para hacer tiendas de campaña, pero se rasgaban fácilmente con los vientos fuertes del clima tempestuoso del planeta. Así que cada día, Llub salía a buscar más hodit. Incluso sentía que los hodit sabían que eran necesarios. Era su sacrificio.

Durante las frías noches en Y'Fert, las pieles del hodit calentaban a todos y les daban un buen descanso. Y'Fert era un planeta desconocido para los viajeros. Los hodit eran animales parecidos a caballos con tres cuernos en sus cabezas. Dos en la frente y uno en su larga nariz. También sobresalían cuernos de sus enormes hombros. La ubicación del planeta les fue revelada por los Jaelianos en un mapa dado a Atticus. El capitán Bahm fue tomado prisionero y llevado con ellos para trabajar en una granja junto a un río, donde las dunas daban paso a una vasta llanura.

Un día, cuando Llub estaba en la duna, algunos nativos —se llamaban a sí mismos los Pedisax o los Recolectores en el idioma de Atticus— instalaron sus tiendas alrededor de una gran manada de hodit que Llub estaba arreando. Los Pedisax eran una especie de seis patas. Cuatro patas descendían como patas de cangrejo rodeando sus cuerpos, mientras que las otras dos estaban unidas a un torso. Sus rostros y cabezas eran feroces. Diversos organismos crecían en las caras de los Pedisax, extrayendo la humedad que podían de sus cuerpos. Sus bocas tenían grandes pinzas usadas para comer insectos y animales. Los Pedisax dieron la bienvenida a Llub a su círculo de tiendas alrededor de los hodit.

Llub entró en una tienda y se encontró con algunos Pedisax mirando fijamente el fuego. Llub tomó su mano y la agitó frente a ellos. Sus ojos brillaban en el fuego, y sus fosas nasales se ensanchaban suavemente al inhalar humo blanco. Un Pedisax estaba sentado en la esquina de su enorme tienda con las seis patas cruzadas, sosteniendo un bastón y leyendo. Llub se movió a través del humo blanco hacia el otro lado de la tienda. Mientras miraba al Pedisax, casi parecía ciego. Sus dedos tropezaban con las páginas mientras las pasaba. Y parecía que no sabía que Llub estaba de pie junto a él hasta que una ráfaga de viento atravesó la tienda.

"Ah, eres el Itor del viaje," respiró suavemente el Pedisax, "Soy Omter de los Pedisax de la Tribu Vomryo. Nuestra tribu domina este mundo, por más salvaje que parezca. Han pasado muchas generaciones desde que hemos encontrado a alguien o un grupo que hable de un enemigo que quiera hacernos daño, invadirnos y matarnos a todos. Los kernanitas deben ser detenidos. Sabes esto con certeza. Siento tu dolor. Tus antepasados hablan aquí. Casi perdiste tu mundo natal y toda tu especie."

"¿Cuál es tu secreto?" dijo Llub con un tono de voz desconfiado.

"No tengo ningún secreto. Estoy aquí para ver a nuestros jóvenes partir para ver a sus grandes antepasados y así ascender en la Tribu, como puedes ver."

Omter miró con satisfacción a los otros Pedisax. Tiró de una fina barba. Luego, volvió a mirar a Llub.

"Todas las especies y razas de esta galaxia tienen algo en común a pesar de nuestras luchas. Aun así, los Pedisax recuerdan un tiempo de gran paz en toda la galaxia. Recordamos un tiempo de gran comercio y crecimiento, pero eso solo trajo vergüenza a los Pedisax. Entonces, nos retiramos. Finalmente, refugiándonos aquí en este mundo desconocido, los Pedisax lo llamaron Y'Fert. No fuimos los primeros y, con suerte, no seremos los últimos en habitar Y'Fert," aconsejó Omert sabiamente.

"He venido a negociar contigo, Omert," dijo Llub nerviosamente. Deseo someterme a uno de sus rituales de ascensión; tal vez me ayude a mi tribu a luchar contra los kernanitas."

"No nos gustan los forasteros probando nuestros rituales sagrados." Omert miró hacia arriba con curiosidad y luego hacia el fuego mientras los Pedisax recuperaban la conciencia. Clavó su bastón en el suelo mientras pronunciaba algunas palabras solemnes del libro. Frente a él, los Pedisax recuperaron la conciencia completa y se pusieron de pie.

"¿Por qué viniste exactamente ante los Pedisax?" preguntó Omert con sarcasmo, "¿A quién estás protegiendo?"

Llub pensó un rato frente a Omert. Los Pedisax lo habían estado siguiendo. No era al revés. Atticus y el grupo se habían mantenido al margen, especialmente desde que nació el hijo de Aida. Sin duda estaban protegiendo a Sicro y manteniendo al capitán Reno prisionero hasta que pudiera ser de confianza. ¿Cómo crecerá el niño en esta galaxia? Él era el confidente más cercano de Atticus, si no la única persona con la que había estado por más tiempo, además de Aida. Llub sabía que confiaba en él. La necesidad de Llub de consuelo, la supervivencia de su especie y la protección del niño prevalecieron, y decidió revelar que estaban protegiendo a un niño no nacido.

"Estamos protegiendo a alguien, y tenemos a alguien prisionero. Desafortunadamente, el prisionero es un amigo que necesitamos," dijo Llub.

"¿Un niño no nacido? Y, ¿cómo crecerá este niño?" dijo Omert. Tocó un sello en el libro, y comenzó a brillar y resplandecer. Omert comenzó a hablar en el idioma Pedisax.

"Estoy pidiendo una respuesta a nuestros antepasados, Llub," cantó Omert.

Cuando la canción terminó, Omert se veía muy en paz. Cerró el libro y se puso de pie sobre sus seis patas. Mostró algo de orgullo y tristeza.

"El niño es un refugiado. Él es… único. Un Humar es una raza antigua relacionada con los kernanitas, algo que nadie sabía hasta hace poco. También es un restaurador. Su padre es del planeta D'Er y Stie Lux, planetas de realeza, civilidad y honor," dijo el Pedisax con entusiasmo.

"¿Cómo sabes esto?" Llub preguntó.

Omert se rió.

"Mis antepasados lo conocían antes de que naciera. Y ahora los Pedisax lo saben. Lo vi ante Nomop, el dios de los Pedisax. Si él es el restaurador de la casa real de Atticus y Atticus ama a Aida, ganaremos la guerra contra los kernanitas," dijo Omert. Aplaudió y se veía más alegre de lo habitual para alguien que acababa de salir de un trance.

"¿Qué sabes del futuro de mi mundo natal?" dijo Llub.

"Los kernanitas son ahora un gran azote para tu pueblo," dijo Omert a Llub.

"¿Hay esperanza? ¿Una solución en absoluto?" dijo Llub.

"Ahora solo hay esperanza, amor y fe," dijo Omert.

Llub se dio cuenta rápidamente de que necesitaba regresar al campamento donde estaban Atticus y el grupo. Tomó algunas semillas de los Pedisax, que parecían ayudar en su causa agrícola. Al salir de la tienda de Omert, le agradeció con cortesía. Los poderosos vientos de Y'Fert azotaban su ropa y su rostro.

Mientras Llub estaba fuera, Atticus atendía a Aida. El sudor se formaba en gotas acuosas en su frente. Ella respiraba con dificultad y agarraba lo que podía encontrar. Estaba comenzando a dar a luz. Atticus se preguntaba si Llub llegaría a tiempo para ver el nacimiento del niño.

"¿Cómo llamaremos al niño?" dijo Atticus.

"Sicro—si es un niño—y Vey si es una niña," respondió Aida.

Llub apareció en la entrada de la tienda con algunas de las semillas que le habían dado los Pedisax. Miró a Aida y sonrió.

"Casi pensé que me lo perdería," dijo Llub.

"Está a la mitad del proceso de parto Humariano," dijo Atticus.

"Los Pedisax saben sobre el niño," comentó Llub.

Atticus levantó una ceja. Puso sus manos en el hombro de Llub y se rió.

"Todos pueden saber sobre este nacimiento. No es costumbre de Aida ni mía mantenerlo en secreto," dijo Atticus.

Llub y Atticus se arrodillaron junto a Aida. Ella empujó y empujó hasta que el bebé pudo ser visto, cubierto de sangre azul Humariana. En un par de segundos, se escuchó el llanto del recién nacido.

"¿Es niño o niña?" dijo Aida.

"Es un niño," dijo Atticus.

"Entonces, es Sicro," dijo Aida.

"Sí, es Sicro," confirmó Atticus.

Sicro nació en medio de los fuertes vientos de Y'Fert. Su nombre significaba refugio en la lengua materna de Aida. En el momento del nacimiento de Sicro, Aida y Atticus tenían veinticinco años en años Stie Luxianos.

Pasaron catorce años, y Sicro creció convirtiéndose en un adolescente alto y fuerte. El grupo aún vivía en Y'Fert. Sicro no había visto mucho más allá del mundo de Y'Fert, pero había mucho por explorar en su mundo natal. Mientras crecía, jugaba con algunos Pedisax.

Para la educación de Sicro, contaban con el sabio de la Tribu Pedisax cercana. Omert falleció unos dos años después del nacimiento de Sicro, por lo que un nuevo Pedisax ascendió al rango de Omert. Cuando un nuevo Pedisax ascendió al título de sabio de Omert, Sicro tomó lecciones de él. El sabio se llamaba Oywort.

Sicro había escuchado más de una vez la historia del viaje de sus padres a los Mundos Independientes, Ba'Gam, y todos los mundos que encontraron. Un día, Sicro arrojaba piedras sobre un estanque junto al río cuando su padre se le acercó.

"¿Cuándo fue la última vez que viste a Reno?" preguntó Atticus.

"La última vez que lo vi, estaba junto a los canales de riego," dijo Sicro.

Atticus suspiró. Necesitaba hablar con Reno pronto, pero no quería que Sicro supiera por qué todas las comunicaciones hacia y desde los Mundos Independientes se habían cortado. Atticus veía algo diferente en Sicro—como si supiera algo más después de todos estos días y años en Y'Fert.

Atticus necesitaba encontrar a los Pedisax. Siempre estaban dispuestos a una apuesta. Necesitaba asegurarse de que Sicro no supiera que los Mundos Independientes eran la verdad. Ellos habían ayudado a criar al niño y a convertirlo en un joven. Ellos deberían saber qué hacer. Atticus siguió el río y dejó a Sicro a su suerte. ¿En quién se convertirá el niño en esta galaxia ahora tan dura? Atticus masajeó suavemente su cabeza para tratar de olvidar estos pensamientos desconcertantes.

Mientras Atticus caminaba por la orilla del río, encontró un campamento principal de la Tribu Pedisax con la que habían estado conversando todos estos años. Vio humo saliendo de la tienda principal. Vio a algunos Pedisax poniendo agua en jarras junto al río. Atticus se dirigió a la tienda principal y entró en ella. Para su sorpresa, Aida estaba allí. Se veía triste. Atticus no podía imaginar qué la podría estar molestando, pero su emoción era inusual después de todos estos años.

"No estarás aquí," dijo Aida. Aida contuvo las lágrimas en sus ojos. "Pero será lo mejor. Para todos."

Atticus no entendió lo que ella dijo, y no le gustó cómo sonaba. Ella echó más polvo que los Pedisax le habían dado al fuego en el centro de la tienda. Atticus simplemente se quedó allí. El sabio le hizo una señal para que se moviera a su lado del fuego.

"Estás en el lado correcto, hijo mío," dijo el viejo sabio Pedisax.

Atticus se sentó suavemente junto a él, y el sabio le dio unas palmaditas en la espalda. El sabio parecía feliz y luego miró a Aida. Algunos de sus sirvientes se acercaron y le dieron un poco de agua fría.

"En este mundo duro, compartimos," dijo el sabio. Tomó un poco de su agua y la vertió en dos tazas más. Se las dio a Aida y Atticus.

Aida se veía más feliz con el gesto. Atticus se relajó un poco. El sabio tosió.

"Los dos que se encontraron, se unieron, y emprendieron un viaje," dijo el sabio. "Un viaje aún por completar."

Los ojos de Aida brillaron, y Atticus vio algo que no había visto desde que escaparon por primera vez de los kernanitas. Un remolino de energía azul envolvió a Aida. Y el sabio comenzó a cantar. Al principio, Atticus no reconoció el tono o estilo de sus palabras cuando cantó más fuerte, pero era una oración lo que estaba diciendo.

Pronto, el remolino envolvió también a Atticus. Inmediatamente, su mente se llenó de imágenes de Sicro. No vio su futuro. Vio el pasado aquí en Y'Fert.

Vio a su hijo unido a su madre, su nacimiento, y sus años de crecimiento. Luego vio fuego. Eso es todo lo que Atticus vio mientras el remolino de energía azul lo envolvía. Su antiguo tatuaje en el brazo comenzó a brillar. Señaló que un enemigo estaba cerca de Atticus, el grupo, los Pedisax y Y'Fert. Pero, ¿de dónde viene el enemigo? Atticus pensó en el apagón de los Mundos Independientes.

Mientras estaban en Y'Fert, los Mundos Independientes habían reportado estar seguros, al igual que la mayor parte de la galaxia. Los kernanitas habían detenido sus invasiones y saqueos por una razón desconocida. Esta reunión con el sabio no proporcionó nuevos conocimientos sobre sus movimientos. Atticus todavía sentía que su deber, primero y ante todo, era proteger Stie Lux y los otros Mundos Independientes. Mientras habían permanecido en Y'Fert, Atticus pensó que incluso podrían hacer el largo viaje a D'Er.

Cuando el remolino de energía azul desapareció, Atticus jadeó y encontró a tres Pedisax mirándolo. El sabio parecía casi haber terminado de rezar, y los sirvientes Pedisax lo atendían. Atticus sabía que tenía que decirle a Sicro la verdad, y el día parecía más cercano después de lo que acababa de suceder.

Aida se veía tranquila. Mejor que cuando Atticus entró en la tienda. El tatuaje de Atticus lentamente dejó de brillar, y la energía azul se desvaneció de Aida. El sabio hizo una señal a sus sirvientes para que lo ayudaran a ponerse de pie sobre sus viejas piernas.

"Debo ver a su hijo, Aida y Atticus," dijo el sabio.

Atticus levantó la mano. Siempre había confiado en los Pedisax con Sicro. Sintió la diferencia en el aire. Los Pedisax tenían algo preparado para Sicro, para él y para el grupo.

Cuando se acercaron a Sicro, él estaba con el Capitán Reno. El sabio trajo a cinco de sus sirvientes, y al ver a Reno, vaciló. Después de un tiempo, el sabio señaló.

"Este hombre tiene intenciones nefastas," dijo el sabio.

Atticus sonrió suavemente y se acercó al lado de Sicro. Hizo un gesto a Aida para que se uniera a ellos. Mirando a Reno, se dirigió al sabio.

"Sus tendencias infames han sido corregidas. Fue un soldado y guerrero de la Unión Estelar que brindó ayuda al comienzo de nuestro viaje y aún lo hace," dijo Atticus.

El sabio miró alrededor de la granja y los canales de riego que Reno atendía con aprobación. Todavía miraba a Reno, y mientras lo hacía, sacó una bolsa que contenía el polvo que los Pedisax usan en sus sesiones de oración y trances alrededor del fuego. Sosteniendo el polvo en su mano, lo arrojó al canal y sobre las hortalizas de la granja. Inmediatamente, el agua se volvió más clara, y las hortalizas se veían más limpias y crecieron un poco. Llub vio toda la actividad y se acercó desde el área principal del campamento del grupo. Al ver a Llub, el sabio retrocedió y lo miró de arriba a abajo con ojos cansados.

"Este—este Itor conoce nuestros rituales sagrados," dijo el sabio.

Atticus levantó una ceja. No sabía que Llub se había relacionado con ellos recientemente. Llub se enderezó y miró al sabio.

"Fue hace mucho tiempo," dijo Llub.

El sabio se mostró satisfecho con la respuesta y adoptó un tono formal. Los sirvientes presentaron a Atticus y al grupo más bolsas.

"Entonces, intercambiaremos," dijo el sabio Pedisax.

XIII

Era un día inusualmente nublado en Y'Fert. Era aún más inusual escuchar el bajo retumbar a lo largo de la llanura. Los Pedisax se habían acercado a Atticus, Sicro, Aida y el grupo. El Capitán Reno y Sicro usaban algunos viejos manuales que les dieron los Pedisax para ayudarles con la agricultura. En la tienda principal, Atticus permanecía atento a la consola de comunicaciones del Star Jumper. El apagón de los Mundos Independientes continuaba. De hecho, algunos días, era difícil transmitir un mensaje hacia y desde Y'Fert.

Aida estaba en la cima de una duna, escuchando el viento rodear su cuerpo. Movió su bufanda y su tocado contra su piel cristalina. El sonido del viento era casi musical mientras escuchaba en lo alto de la duna y miraba hacia la llanura y el río. Atticus encontró a Aida, y subió silenciosamente desde detrás de ella, sin querer asustarla. También se escuchaba el sonido de los hodit pastando en la llanura.

Atticus se colocó al lado de Aida, la tomó por el hombro y la abrazó. Había sido difícil tener momentos de intimidad últimamente.

"¿Recuerdas en Fina cuando nos conocimos?" dijo Atticus. "Pensé que tu piel era hermosa." Sus ojos verdes se iluminaron con sus reconfortantes palabras.

Aida, sin embargo, se apartó abruptamente de él. Cruzó los brazos y bajó por la duna. Luego, se giró hacia Atticus.

"Le dije a Sicro el secreto. Todo. Le dije que naciste en Stie Lux, y que tu madre y tu padre eran de D'Er y Stie Lux. No me creyó. No quería creerme que seguíamos huyendo. ¿Quién lo haría? Dijo que él se habría quedado y luchado. Le dije que había olvidado que yo fui la que se enamoró de un noble que estaba en Fina. La razón por la que seguimos huyendo fue por el bien de los Mundos Independientes y la galaxia," dijo Aida a Atticus.

Atticus estaba atónito. Habían construido sus vidas en Y'Fert durante muchos años sin que estos temas y secretos salieran a conversación. ¿Por qué ahora? pensó Atticus.

"Siento que hay más trabajo aquí en Y'Fert," dijo Aida. "No estamos listos para recoger nuestras cosas y retomar nuestro viaje como dijeron los Pedisax durante su sesión de oración."

"¿Alguna vez has pensado que solo fue una oración sin significado? Todavía no les gustan los forasteros, entonces ¿por qué confiarías en ellos?" dijo Atticus.

"Confío en ellos porque es lo que queda. Ba'Gam y los kernanitas están en movimiento. Lo siento. Los Mundos Independientes no han restablecido contacto," dijo Aida con enojo.

"No sabemos nada de lo que está sucediendo ahora, y lo que pasó en el pasado está en el pasado. Deja de cargarlo contigo," consoló Atticus.

"Y tú también," dijo Aida con una mirada fulminante.

"El Capitán Reno cree que puede fortalecer la matriz de comunicaciones en el Star Jumper. Por otro lado, está mejorando. Ha aprendido el error en sus decisiones," dijo Atticus.

Aida miró directamente a los ojos de Atticus. Atticus la miró de vuelta, primero con calidez amorosa y luego con determinación. Ella lo está desafiando, pensó. ¿Pero con qué?

Atticus continuó mirando la llanura y el río junto a Aida. Rezó para obtener una respuesta que le dijera quién o qué la estaba molestando. Los hodit seguían vagando por la llanura y gruñían ruidosamente.

A lo lejos, vieron dos formas que se convirtieron en dos figuras distintas. Eran el Capitán Reno y Llub. La oración fue respondida. Aida tiró su bufanda y resopló.

"¿Dónde está Sicro?" dijo Atticus.

"Lo dejamos en el campamento," respondió Reno.

Atticus frunció el ceño, y Aida cruzó los brazos. Llub y el Capitán Reno vieron las emociones negativas, pero continuaron acercándose a ellos. Llub tenía un mapa estelar con él.

"Ba'Gam y la Alianza Kernanita están en movimiento de nuevo. Han invadido aquí y aquí. Eran mundos comerciales, pero mundos con su historia, arte y cultura," dijo Llub con tono sombrío.

La espalda de Aida se tensó, y miró abruptamente a Atticus. Sus ojos verdes se volvieron aún más fieros. Atticus sabía que las palabras que venían a continuación eran sobre Sicro.

"Sicro ahora necesita saber. Necesita saber todo. Y me refiero a todo lo que nos llevó a Y'Fert. Tus servicios ahora son necesarios, Reno. ¿Puedes entrenar a Sicro para luchar? Tu traición es perdonada si lo entrenas," dijo Atticus.

"¿Cuándo llegarán los kernanitas y Ba'Gam?" preguntó Aida.

"En aproximadamente un mes o dos. Por suerte, logré que la matriz de comunicaciones funcionara de nuevo en el Star Jumper. Descubrí que estaban interfiriendo con la señal entre los Mundos Independientes y nosotros. Los Mundos Independientes están seguros, pero no por mucho tiempo. Envié una comunicación hacia ellos, y parece que estoy esperando una respuesta," dijo Reno.

El día rápidamente se convirtió en crepúsculo mientras el grupo de cuatro regresaba al campamento. Aida miró hacia el cielo mientras la galaxia de estrellas brillaba frente a ella. Atticus le sostuvo la mano. Se despidieron de Llub y Reno, y se separaron. Pasaron por la tienda de Sicro, y él ya estaba dormido. El ayer será un nuevo día en su viaje hacia la libertad.

Los días pasaron lentamente desde que supieron que Ba'Gam y la Alianza Kernanita estaban en movimiento. Llub tomó el lugar de Reno arreglando el Star Jumper y monitoreando las comunicaciones. Aida y Atticus se dedicaron a cuidar la granja.

Atticus y Aida estaban en la granja cuando, de repente, escucharon al Star Jumper elevarse por el aire. Atticus levantó el brazo frente a su rostro porque el polvo se levantó en el aire. Aida se dio la vuelta y miró un monitor en su cinturón.

"Parece que Sicro ha aprendido a volar un Star Jumper," dijo Aida.

"Solo de los mejores," dijo Atticus.

El Star Jumper voló bajo, y Sicro saludó a sus padres. Se abrochó el cinturón y conectó las coordenadas, y el Star Jumper cobró vida por completo.

"¿Hacia dónde?" dijo Sicro.

Sicro llevó el Star Jumper en excursiones cortas muchas veces. Le gustaba la apertura del espacio alrededor de Y'Fert—nada dañino. A pesar de su libertad, se comunicaba constantemente con Llub a través de un pequeño comunicador en la superficie.

"¿Cómo está la vista?" dijo Llub a Sicro a través del comunicador.

"¡Es genial! ¡Puedo ver casi el continente principal desde aquí! ¡Es hermoso!" dijo Sicro.

Sicro había estado observando un punto contra la negrura del espacio que crecía y se hacía más pequeño. Creció tanto que casi parecía que había nacido una nueva estrella, pero Sicro sabía de alguna manera que no lo era.

"Voy a ir más lejos para revisar algo en la distancia," dijo Sicro.

"No hay nada ahí fuera, ¡pero ten cuidado!" dijo Llub.

Tan pronto como Sicro dirigió el Star Jumper hacia el punto, este creció más y se hizo más brillante. La cabina se llenó de luz, y el Star Jumper fue consumido por ella. Sicro soltó un grito.

"¿Qué es?" dijo Llub.

"Y—Yo no sé—No puedo ver nada—Pero el Star Jumper parece estar bien. Hay luz por todas partes," dijo Sicro.

Llub estaba en la superficie del planeta, revisando las lecturas para detectar cualquier actividad extranjera en el espacio alrededor de Y'Fert. Hubo un pico en las lecturas, así que Llub tomó el comunicador.

"¡Sal de ahí!" dijo Llub a Sicro.

Sicro salió rápidamente de su silla de piloto y miró las lecturas en las consolas de ciencia y comunicaciones. La Alianza Kernanita había llegado. Un gran número de naves de guerra acababan de salir del hiperespacio.

El Star Jumper comenzó a temblar, y Sicro miró por una de las ventanas del Star Jumper. Enormes naves de guerra—las cosas hechas por el hombre más grandes que había visto—se movían lentamente pasando el Star Jumper.

"Llub," dijo Sicro con la voz temblorosa. "Están aquí."

"¿Quiénes son ellos?" dijo Llub a Sicro.

Llub miró hacia el cielo. La pregunta fue respondida. Enormes naves de guerra ahora se estaban colocando en órbita alrededor de Y'Fert.

"No regreses a casa todavía, Sicro, hasta que averigüemos qué está pasando," dijo Llub.

Llub se movió desde donde estaba parado en la cima de una duna y caminó hacia la granja. El Capitán Reno corría en su dirección. Estaba cargando su arma.

Llub levantó la mano hacia Reno para calmarlo y evitar que cargara más tiros en su arma. Reno parecía asustado por las naves de guerra en órbita. Llub apartó a Reno y fue a buscar a Aida y Atticus.

"Necesitamos movernos con los Pedisax," dijo Reno. "Tienen cuevas para esconderse más adentro del desierto."

De pie en la cima de la duna, Llub continuó buscando a Aida y Atticus. A lo lejos, vio a dos jinetes de hodit de los Pedisax. Llub entrecerró los ojos contra el sol abrasador de Y'Fert. Las formas de los jinetes se acercaron, y entonces Llub gritó. Eran Aida y Atticus.

"¿Dónde está Sicro?" jadeó Atticus.

Llub le dio una mirada de decepción y tristeza. Llub sabía que estaba a salvo. Él volverá, pensó Llub.

"Está en el Star Jumper orbitando alrededor de Y'Fert," dijo Llub.

"Espera—¿Qué?" dijo Aida.

"Estábamos haciendo nuestra vuelta diaria con el Star Jumper, y de repente, llegó la Alianza Kernanita," dijo Llub.

"¿Cómo sabes que son ellos?" preguntó Atticus.

Atticus miró hacia arriba a través de las nubes. Eran naves de guerra, claro. ¿Pero de dónde?

Atticus tomó un visor óptico para observar las naves de guerra. De repente, una nave enorme apareció de la nada a la derecha de la visión de Atticus. Tenía el emblema de la Alianza Kernanita: una estrella blanca superpuesta en un fondo circular azul.

"Tenemos que ir a las cuevas de los Pedisax," dijo Llub.

"No me voy sin Sicro," dijo Atticus.

"Iré contigo," dijo Aida.

El Capitán Reno estaba cargando un hodit con más bienes y piezas de tecnología. Hizo una señal a Llub para que se acercara a ayudarlo. Llub caminó hacia él y tomó un mapa de las manos de Reno.

"Las cuevas están al norte de las dunas," dijo Reno.

Llub miró lo que Reno estaba trayendo. Vio la caja de Aida con su tiara dentro. ¿Podría confiarse nuevamente en el Capitán Reno? pensó Llub. Todos tendrán que averiguarlo de la manera difícil.

"Ve con los Pedisax a las cuevas. Ayudaré a Aida y Atticus a traer a Sicro de vuelta," dijo Llub.

Tan pronto como dijo eso, pudo escuchar el sonido de explosiones. Los Pedisax y las cuevas ya estaban bajo ataque. Miró hacia el campamento. Los kernanitas aún no lo habían descubierto. Pudo ver a Aida y Atticus yendo hacia la tienda, pero entonces Llub se dio cuenta de que tenía algo que ellos necesitaban. ¡El teletransportador estaba en su cinturón de herramientas! Comenzó a correr hacia el campamento con la esperanza de que la Alianza no lo encontrara primero.

Llub estaba sin aliento cuando llegó al campamento. Los fuertes vientos de Y'Fert atravesaban las tiendas. Los tres cubrieron sus rostros con bufandas.

"Tengo el teletransportador," dijo Llub.

"Bien, ¡lo necesitamos! Teletransportaremos a Sicro desde el Star Jumper. Puede ponerlo en piloto automático," dijo Atticus.

Los ojos de Aida se movieron con preocupación de Atticus a Llub. No le gustaba cómo sonaba. La Alianza podría capturarlo, pensó.

"Si vamos a hacer algo, debemos hacerlo ahora," dijo Aida.

"Llub, configura el teletransportador, y yo me comunicaré con Sicro para que esté listo," dijo Atticus.

Aida miró hacia el cielo. Las nubes pronto se separaban para dejar pasar el tono amarillo del cielo. Miró hacia Llub.

De la nada, escucharon el estruendo y explosión de varias detonaciones y lo que parecían aviones moviéndose por el cielo. Aida y Atticus salieron de la tienda. Algunos Pedisax que pasaban señalaban al cielo.

"Esos son cazas estelares de la Alianza," dijo Atticus.

"¡Atticus! Debemos teletransportar a Sicro ahora," dijo Aida.

"Estoy en ello," dijo Atticus, "Atticus a Sicro. Ponte en posición de teletransporte en veinte segundos."

Mientras Sicro se preparaba para la teletransportación, vio a los cazas estelares girar alrededor de Y'Fert. Sintió la sensación de hormigueo de la teletransportación ondulando a través de su cuerpo. Su último vistazo fue de los cazas estelares bombardeando repentinamente el planeta.

"Sicro, por aquí," dijo Atticus.

El bombardeo por parte de los cazas estelares había comenzado en Y'Fert. Sicro montó un hodit y se dirigió apresuradamente hacia las cuevas. Llub y Reno lo siguieron. Aida y Atticus estaban al frente. Los torpedos de fusión iluminaban el cielo mientras los hodit galopaban con sus jinetes hacia la protección de las cuevas.

Cuando casi llegaron a las cuevas, algunos Pedisax rodearon al grupo de cinco con escudos de torbellino. Los escudos formaron una barrera en forma de cúpula para que el grupo pudiera maniobrar y obtener protección contra los torpedos. Solo fue cuestión de poco tiempo hasta que el grupo llegó a las cuevas.

Una vez en las cuevas, los hodit galoparon hacia la protección de los establos que los esperaban. Los hodit estaban exhaustos, y todos los demás también. Las cuevas temblaban, y la tierra caía del techo mientras más torpedos de fusión golpeaban la zona.

Atticus saltó de su montura y se dirigió hacia la ubicación de un jefe guerrero de los Pedisax. El Pedisax era de la tribu local con la que Atticus y los demás se comunicaban a diario. Tocaba el cuerno de los hodit siempre que los Pedisax o los extraños entraban a las cuevas en busca de seguridad.

"¿Dónde está el sabio de la Tribu Vomryo?" dijo Atticus.

Un guerrero Pedisax gruñó. Abrió un buscador de ubicaciones con una de sus seis patas similares a las de un cangrejo. El localizador emitió un pitido, y el guerrero Pedisax gruñó de nuevo.

"Está más adentro en el sistema de cuevas rodeado de guardias," dijo el guerrero, "Mi asistente Ret te llevará a él."

"Gracias," dijo Atticus. Corrió hacia el grupo para encontrar a Aida, que estaba desempacando cuando la vio.

"Voy a llevar a Sicro a ver al sabio," dijo Atticus.

"Sí, es una buena idea. No tenemos mucho tiempo antes de que comiencen los combates," dijo Aida.

Aida hizo un gesto a Sicro, que estaba desempacando de su hodit. Su aspecto juvenil brillaba como esperanza en la oscuridad en medio del ataque. Sicro era la esperanza.

Sicro y Atticus comenzaron a explorar el sistema de cavernas. Finalmente, encontraron la cueva del sabio, que contenía numerosos asistentes y guerreros Pedisax.

Una vez que el sabio vio a Atticus y Sicro, comenzó a rezar en forma de canto. Los asistentes echaron algo del polvo para la oración en una jarra que contenía fuego. Cuando el sabio terminó de rezar, se puso derecho, resopló y bebió el polvo de la jarra.

"Los Pedisax han tenido una visión. Un tiempo de gran conflicto se cierne sobre todos nosotros. El niño llamado Sicro merece nuestra protección," dijo el sabio.

Sicro miró al suelo de la cueva. No sabía qué decir. Atticus le dio una palmada en el hombro a su hijo. Sabía que Sicro reanudaría el viaje, pero no lo había comprendido hasta hace poco.

XIV

El polvo caía del techo de la caverna mientras se realizaban más bombardeos de los cazas estelares de la Alianza Kernanita. Sicro apretaba los puños mientras su padre lo miraba. Atticus solía usar el calentador para mantener la cueva caliente durante esas frías noches.

Aida estaba en la esquina preparando sopa con algunas raciones. Llub monitoreaba los sensores, que podían detectar movimientos terrestres o aéreos alrededor de las cuevas. Fuera de la cueva interior donde estaban Llub, Aida, Atticus y Sicro, el Capitán Reno caminaba de un lado a otro. Monitoreaba continuamente la tecnología de comunicaciones en su cinturón. Permanecía en silencio la mayor parte del tiempo mientras buscaban refugio en la cueva.

El bombardeo continuó durante semanas. Los Pedisax nunca cedieron en su lucha contra la Alianza Kernanita. Atticus y los demás sentían orgullo por todo ello, pero había sido difícil. Día tras día, agacharse en una cueva cansaba al grupo de cinco.

Una mañana, Atticus se despertó y vio a algunos Pedisax aplastados por las rocas que habían caído de la caverna. Atticus trajo a Sicro y a los demás. Estaban asustados, pero un jefe Pedisax cantó una oración y dijo valientes palabras en un discurso.

Sicro estaba durmiendo junto a Atticus una noche cuando le dio un toque en el hombro. Atticus no quería darse la vuelta y hablar con Sicro, pero sus instintos de padre prevalecieron esta vez. Se dio la vuelta.

"Padre, ¿cuándo enfrentaremos al enemigo?" dijo Sicro.

Atticus suspiró con impaciencia. "Nunca quieres enfrentar al enemigo; solo quieres superarlo en estrategia."

Sicro reflexionó sobre esto sin satisfacción. Mantuvo su cinturón de herramientas cerca y su pistola de iones, en caso de que la Alianza rompiera sus defensas. Todos durmieron profundamente con el suave zumbido de los generadores de luz que se escuchaban en la cueva.

Se oyó un fuerte estallido. Sicro saltó de su sueño. Atticus estaba justo a su lado. El Capitán Reno sacó su pistola de iones, al igual que Llub. Aida se escondió en la esquina de la cueva. Los Pedisax en la caverna contigua comenzaron a disparar sus armas. Algunos fueron alcanzados. Gritos y voces se escuchaban por todas las cuevas.

"Quédense aquí, todos," dijo Atticus, "Voy a subir al techo de las cuevas y atraparlos desde arriba."

Atticus encontró el pasadizo en forma de escalera hacia el techo de las cavernas, y una vez allí, miró hacia la lucha que se desarrollaba debajo de él. A su izquierda había cinco o seis guerreros de la Alianza Kernanita. Los llamaban los Hynox. A la derecha estaban los Pedisax, cubriéndose detrás de rocas y pilares dentro de las cavernas.

Un disparo de ion de alta energía pasó rozando a Atticus desde un Hynox. Comenzaron a apuntar. Atticus tomó su arma de iones y se tumbó boca abajo en el suelo de la caverna. Se levantó suavemente y encontró a un Hynox directamente en su línea de visión. Le disparó varias veces, y el Hynox fue alcanzado. Por suerte, no tenía ningún escudo en ese momento.

El sudor corría por la frente y la camisa de Atticus. Se sentó en la pared de la caverna. Quería seguir disparando, pero necesitaba cobertura de los Pedisax. Tomó su cinturón de herramientas e introdujo un mensaje para ellos.

Más guerreros Hynox se derramaron en las cuevas. Sus armas estaban desenfundadas, y algunos lanzaron granadas de iones a los Pedisax. Debajo de Atticus, los Pedisax subían continuamente y disparaban una de sus armas más formidables, que en el idioma de Atticus se traduce como el "rebanador". Dispara ráfagas de iones después de atravesar las líneas enemigas. Tres a seis guerreros Hynox cayeron. Los Hynox alzaban sus manos, llamando a más guerreros a entrar en la cueva. El rebanador continuó su asalto contra ellos hasta que todos los Hynox levantaron sus puños en el aire y no titubearon, a pesar de que les disparaban y caían muertos.

De repente, se escucharon fuertes golpes, y en el polvo del caos. Aparecieron robots gigantes, inquietantemente construidos, que creaban una armadura para el guerrero Hynox. Cuando varios entraron en la cueva, los Hynox equipados desataron su potencia de fuego. Atticus supervisó todo esto y eliminó a algunos de los Hynox con su pistola de iones. Sintió un toque en su hombro.

Era Sicro. Parecía asustado y desconcertado. Atticus sabía de qué se trataba como padre.

"Es hora, Sicro. No te congeles ahora. Es hora de usar lo que aprendiste en el entrenamiento con Reno, Llub y yo," dijo Atticus a su hijo.

"Tengo miedo, papá," dijo Sicro.

"Tan pronto como derribes a un par de esos guerreros, experimentarás la emoción de tu vida," dijo Atticus.

Se escucharon gritos y vítores de los Pedisax. Atticus miró hacia la batalla. Varios Hynox habían caído en la lucha. El rebanador de los Pedisax seguía funcionando eficazmente. Atticus tocó su cinturón de herramientas para convocar a Llub y Reno. Atticus miró a su hijo y vio un brillo reflejado en sus ojos. Era su tatuaje. El enemigo—Ba'Gam de la Alianza Kernanita estaba cerca. Llub y el Capitán Reno se posicionaron en el lado opuesto de la cueva, mirando hacia la lucha.

Atticus les dio una señal y comenzaron a disparar a discreción. Sicro se agachó en su vientre junto a su padre. Sintió que su padre no estaba nada nervioso. Así que, Sicro se envalentonó y comenzó a disparar a los Hynox.

"Buen trabajo, Sicro," dijo Atticus.

Sicro soltó una risa y un grito de júbilo mientras varios Hynox caían ante él. Los Hynox comenzaron a notar los disparos desde arriba de ellos. Arrojaron algunas granadas de iones, pero un escudo Pedisax las detuvo. Hubo una pausa en la lucha. Los Pedisax se relajaron, pero luego se agitaron. Uno de sus guerreros tenía un cuerno de hodit y sopló en él. Ahora estaba advirtiendo a los otros Pedisax sobre más enemigos en movimiento.

Sombras oscuras se proyectaron en la cueva mientras los Hynox equipados llenaban la entrada. Formaron una línea, luego una columna, y comenzaron a separarse, dejando entrar a una figura. Al otro lado de la caverna de Atticus, Llub notó la nueva figura. Usó sus sentidos mejorados de Itor para determinar quién se acercaba a ellos. Era Ba'Gam.

"Llub a Atticus," dijo Llub, "Tengo confirmación de que Ba'Gam está aquí."

Ba'Gam llevaba uno de los trajes de guerra que usaban los Hynox. Su forma colosal acunada dentro del traje metálico. Los Pedisax se reagruparon alrededor de algunas de sus posiciones. Al poco tiempo, Ba'Gam quedó solo en la entrada de la cueva.

"Atticus, si puedes oírme, finalmente estoy aquí. Sabes que siempre has querido matarme, y ahora es tu oportunidad, y el sentimiento es mutuo," dijo Ba'Gam.

Atticus y Sicro aún estaban boca abajo. El deseo de querer proteger a Sicro de ver a su némesis llenaba su cuerpo. Sabía que no debía protegerlo. Era el momento, después de todo, para que Sicro mostrara a Atticus lo que era en Y'Fert.

Ba'Gam abrió los brazos del traje en un gesto de apertura. Atticus entrecerró los ojos. Apenas podía soportar la mentira. Ba'Gam sabía que Atticus estaba allí para matarlo. ¿Por qué las formalidades? pensó Atticus.

"Todo se trata de hacia dónde te diriges ahora, Atticus. Te he estado siguiendo y observando. Siempre me has eludido. Pero… ahora… te tengo justo donde quiero… y, con suerte, muerto al final de esta batalla," dijo Ba'Gam.

Después de mirar brevemente a su alrededor y decirle a Sicro que se quedara quieto, Atticus saltó al suelo de la caverna abajo. Ba'Gam lo miró inmediatamente. Sonrió con desprecio.

"Eso es adorable, ¿sabes?… Tu símbolo mágico me está detectando," dijo Ba'Gam a Atticus.

"Es mi tatuaje ancestral," dijo Atticus. "Está destinado a detectar a tu raza… a tu especie, si se quiere."

"Bueno, los kernanitas y los de tu tipo, Atticus, no somos tan diferentes. Somos casi primos. Somos casi familia," dijo Ba'Gam.

Atticus sonrió con desprecio de vuelta a Ba'Gam. Cerró los puños mientras la energía azul recorría sus brazos hasta formar una esfera en sus manos. Ba'Gam golpeó el suelo de la caverna con los brazos metálicos del traje. Los guerreros Hynox se agolparon alrededor de Ba'Gam. Atticus lanzó el primer disparo. Mató a algunos de los soldados Hynox antes de que Ba'Gam pudiera moverse contra él.

Los pulsos de energía de los rebanadores de los Pedisax pasaron zumbando junto a Atticus. Podía notar que los disparos también eran de parte del Capitán Reno y Llub. Ba'Gam cargó su arma de energía y la disparó directamente hacia Atticus. Atticus la bloqueó con un escudo de energía cruzando sus brazos y levantándolos en alto.

Rechinando los dientes, Atticus devolvió el pulso de energía a Ba'Gam, haciendo que cayera al suelo. Los Pedisax soltaron un grito y un vítores, pero todavía había guerreros Hynox con los que lidiar, y Ba'Gam pronto se levantaría y lucharía un poco más.

De repente, más energía azul vino detrás de Atticus. Atticus se dio la vuelta y miró detrás de él. Era Aida. Estaba completamente resplandeciente con la energía azul Humariana.

"Quieren a mi hijo y a mí," dijo Aida. "Tendrás que enfrentarte a mí primero."

Ba'Gam ya estaba completamente de pie cuando Aida se acercó, y cuando le lanzó su energía azul, él la bloqueó con un escudo. Sonrió con desdén y llamó a más soldados Hynox para que entraran en la cueva. Atticus dibujó un escudo de energía alrededor de él y Aida.

"Parece que estamos igualados, Atticus y Aida," dijo Ba'Gam. "El heredero de la casa real de D'Er y su amor Humariano. ¿Qué es exactamente lo que intentan hacer? Alguna vez pensé que podría vivir en paz y prosperidad hasta que una nave de guerra Humariana llegó a una colonia Kernanita y asesinó a mi familia. Fueron torturados, experimentaron con ellos y los mantuvieron prisioneros. Todo porque eran parte del clan Kernanita y juraron no violencia. Ya ves, las cosas han cambiado. Ahora somos violentos."

Atticus y Aida sostenían la energía azul en sus manos mientras Ba'Gam hablaba. Mientras continuaba hablando, Llub y el Capitán Reno se arrastraban desde la parte superior de la caverna hacia las líneas de los Pedisax.

"Así que, hagan su mejor disparo, Atticus y Aida. Luego, lo haré por ustedes. Todo en juego limpio," dijo Ba'Gam.

De repente, Atticus oyó pasos detrás de él, y Sicro apareció por el rabillo del ojo. Sicro estaba tranquilo, con una mirada intensa en los ojos. Energía azul flotaba sobre su cuerpo, y Sicro la concentró en sus manos.

"Sicro, retrocede," dijo Atticus.

"No, padre," replicó Sicro, "Este tipo está detrás de mí y de todos los que he conocido y amado. Es hora de enfrentarlo de la manera difícil."

Ba'Gam sonrió ampliamente ante la declaración de Sicro y su devoción por su gente. Quería más y sentía que se lo darían. Más guerreros Hynox se prepararon; lo mismo sucedió con los Pedisax.

"Eres Sicro," dijo Ba'Gam, "No solo te quiero a ti. Quiero que la galaxia se someta a mi voluntad; la voluntad kernanita para siempre."

"¿Crees que nos iremos en silencio?" dijo una voz. Ba'Gam miró alrededor, y los Pedisax se apartaron. Era Llub.

"Ah, Llub, orgulloso y fuerte hasta el final. Un Itor por la eternidad, veo," dijo Ba'Gam.

Llub cargó su pistola de iones, y sus ojos verdes brillaron con poder. Se acercó a Ba'Gam en diagonal y eventualmente llegó al lado de Aida. Apuntó la pistola de iones directamente a Ba'Gam.

"Tendrás que llevarme a mí también. Y a la Unión Estelar, para el caso," dijo el Capitán Reno.

Ba'Gam se rió y golpeó el suelo con sus brazos mecánicos con histeria. Algunos de los guerreros Hynox también se rieron. Los Pedisax fruncieron el ceño y prepararon sus armas, al igual que todos los demás.

"Tú y tu hijo son la clave. Todos ustedes son la clave para el control kernanita de la galaxia. Los Itors, la Unión Estelar, los Humars, los Mundos Independientes y D'Er desaparecerán después de que los mate. Y su memoria se irá con ustedes. Será convertida en nada," dijo Ba'Gam.

Sicro miró a su alrededor y vio una granada de iones sin detonar. La lanzó al rostro de Ba'Gam. Esta explotó, e inmediatamente, los Hynox abrieron fuego. Los Pedisax devolvieron el fuego, matando a muchos de los Hynox.

Un gran pulso de energía se oyó y se vio. Todos intercambiaron disparos. Atticus comenzó a gritar, y Aida también.

Atticus sintió algo en su camisa. Era sangre. La sangre de Sicro estaba sobre él.

"No… no… no… no!" gritó Atticus.

"Atticus," gritó Aida, "cúbrete y muévete hacia Sicro."

"¡Los estamos cubriendo, Aida!" dijeron el Capitán Reno y Llub al unísono.

Los cuatro estaban contra la pared de la cueva, respirando con dificultad. A pesar de esto, Atticus verificó si Sicro seguía con vida. No lo estaba, ya que no tenía pulso. Atticus abrió el cinturón de herramientas de Sicro para un escaneo médico, que confirmó que Sicro ya no vivía.

Llorando en voz alta en luto, se levantó y cargó contra Ba'Gam. Todo el cuerpo de Atticus estaba sobre el brazo mecánico izquierdo de Ba'Gam. Una pistola de iones sobrecargada estaba incrustada en el brazo del traje.

"Aida, agáchate," dijo Atticus.

La pistola de iones explotó, derramando el fluido que mantenía funcionando el traje por todas partes. Ba'Gam saltó y luego rodó fuera del traje. Tenía un pequeño puñal y lo lanzó a la parte trasera del talón de Aida. Ella gritó de dolor.

"Acabas de quitarle la vida a mi hijo, Ba'Gam, y por eso… debo matarte," dijo Atticus.

Aida se arrastró hacia su hijo. Lloró en voz alta en luto y luego su rostro se puso rojo de rabia. Agarró su pistola de iones, que ahora colgaba de su cinturón, y disparó más tiros a Ba'Gam.

Los Pedisax continuaron abatiendo a los soldados Hynox. Ba'Gam golpeó a Atticus con su brazo mecánico derecho. Afortunadamente, el escudo de Atticus lo estaba protegiendo. Atticus saltó desde Ba'Gam y su traje. Dio un paso atrás y tanteó un cortador Pedisax que había caído al suelo.

Atticus tomó el cortador y golpeó el traje de Ba'Gam. El lado izquierdo del traje de Ba'Gam se derritió, quedó retorcido y golpeado con la potencia del cortador. Ba'Gam saltó por una escotilla de escape desde la parte trasera del traje. Los guerreros Hynox se agruparon a su alrededor.

"Te mataré algún día, Atticus, y me llevaré al resto de la galaxia conmigo," dijo Ba'Gam. Los guerreros Hynox y Ba'Gam se alejaron de la línea de lucha de los Pedisax. Gradualmente se desvanecieron en una tormenta de polvo que se aproximaba.

Atticus cayó de rodillas. Exhausto, miró al suelo de la caverna mientras el polvo se arremolinaba desde fuera de la cueva. Sintiendo que su pecho se hundía, soltó un sollozo y un grito. Pudo oír a algunos guerreros Pedisax acercándose por detrás de él.

"Atticus," dijo un Pedisax, "Tu hijo ha muerto, pero hemos ganado sobre Y'Fert porque la Alianza Kernanita está abandonando la órbita y retirándose. Tú, Aida y los demás estáis a salvo."

Atticus levantó la cabeza y usó el bastón del cortador para ayudarse a levantarse del suelo de la caverna. Su cabello castaño se movía rápidamente con el viento. Aún se oía el llanto de Aida. Llub y el Capitán Reno corrieron hacia Atticus con miradas de desesperación. Todos habían perdido su única esperanza en este viaje.

XV

Atticus puso más leña en la pira funeraria de Sicro. El fuego se elevaba alto en el cielo nocturno. El Capitán Reno se arrodilló mientras decía oraciones de los Pedisax. En la distancia, Llub afilaba su espada en la orilla del río, escuchando el agua blanca chocar contra las rocas. En una tienda improvisada de los Pedisax, Aida se ocupaba de mezclar algunas hierbas y especias con la comida ceremonial.

"Los Pedisax han sugerido que ofrezcamos algunas hierbas y especias a los dioses del río," dijo Llub a Aida.

La pira funeraria crepitaba, esparciendo brasas amarillas y naranjas por todas partes. Atticus se movió rápidamente para apagarlas con sus pies. Se dio cuenta de que necesitaba enviar una última comunicación a Stie Lux antes de terminar el día y decir algunas oraciones junto al fuego. La pira funeraria estaba excavada en el suelo para contener el fuego. De vez en cuando, Llub miraba a Reno. Y Atticus se acercó a donde el Capitán Reno estaba diciendo oraciones. Aida se unió a ellos y arrojó algunas hierbas y especias al fuego.

Sentada con las piernas cruzadas, Aida aclaró su garganta y se frotó un poco de ocre de árbol en la frente y los brazos. Atticus notó una lágrima solitaria deslizarse por su mejilla derecha, y luego volvió a sollozar. Enterró su cabeza en sus manos.

El Capitán Reno se levantó después de decir sus oraciones y se acercó a Llub. El chillido inquietante de la espada de Llub llenaba el aire mientras el Capitán Reno se recostaba contra una tienda de hodit. Algunos Pedisax dejaron que sus jóvenes jugaran a lo lejos, así que Reno decidió protegerlos.

Con sus muchas piernas, los jóvenes pateaban una pelota en un campo cerca del campamento. Reno miró hacia el cielo estrellado con estrellas fugaces cruzando ocasionalmente el amplio campo del cielo. Se preguntó cuándo volvería la Alianza Kernanita. Recientemente, llegaron rumores de saqueadores aliados con los Kernanitas. Atticus seguía siendo el encargado de hacer las estrategias y movimientos si el enemigo se acercaba.

Llub continuó blandiendo su espada mientras escuchaba algo de música clásica Itoriana. Los suaves sonidos musicales surcaban el aire de la noche desértica. El viento agitaba las tiendas del campamento, y la pira funeraria se apagaba lentamente. Atticus agarró algo de hodit para cubrir la pira con tierra a fondo. Trabajó durante la noche, y la pira fue enterrada en la arena al amanecer.

Atticus ató algo de hodit a árboles muertos en las orillas del río. Se sacudió algo de tierra de su camisa. Se escucharon ruidos metálicos del Star Jumper. Los Pedisax lograron camuflar el Star Jumper durante el ataque, salvándolo de la destrucción.

Sentado en la rampa para entrar al Star Jumper, reflexionó una vez más sobre lo que podría pasar a continuación en Y'Fert. El fresco rocío del agua blanca del río se deslizaba sobre su rostro con el aire. El olor del agua en un ambiente árido era único para Atticus. Se levantó y entró en el Star Jumper. Llub estaba sentado en el centro.

Llub estaba en la consola de comandos. Atticus sabía lo que estaba haciendo mientras pasaba por las consolas de comunicaciones, ciencia y operaciones. Estaban consumiendo grandes cantidades de datos e información.

"Estoy recalibrando el Star Jumper, Atticus," dijo Llub.

"Así es," dijo Atticus.

"Las diferentes matrices del Star Jumper salieron bien después de la batalla," dijo Llub.

Llub miró a Atticus mientras iba hacia la parte trasera del Star Jumper. Llub notó que Atticus se sostenía de una manera extraña: con el pecho hundido y los hombros por encima de su cuerpo. Estaba sollozando. Llub se acercó a Atticus y se sentó cerca de él.

"A veces tenemos que darnos cuenta de que todas las cosas malas en la galaxia ocurren por alguna razón. Las cosas se resolverán, Atticus. Después de todo, estamos en un viaje, y Sicro estará con nosotros en cada paso del camino," consoló Llub.

De pie, Atticus se limpió algunas lágrimas. Necesitaba mostrar fortaleza para Aida y el grupo, pensó. Atticus se sentía culpable de que los demás estuvieran en este viaje. Después de todo, solo su familia había sido real y había sido atacada por los Kernanitas. Los demás eran simplemente daño colateral. Nunca les diría ni al grupo ni a Aida la opinión que tenía sobre los eventos que han ocurrido en el viaje.

Atticus caminó hacia la puerta del Star Jumper. La luz del sol del exterior se proyectaba sobre las sombras lanzadas por los mamparos del Star Jumper. No sabía lo que le esperaba, pero sabía que había sido lo suficientemente fuerte como para soportar los golpes que los dioses le habían dado.

Bajó la rampa del Star Jumper hacia las arenas del desierto. A la derecha del Star Jumper y a unos quince metros de distancia, Atticus pudo ver al Capitán Reno golpeando un viejo saco de boxeo sostenido por un árbol muerto. Mientras Atticus se acercaba, algunos de los pájaros nativos arrullaban sin cesar. Atticus no pensaba mucho en los sonidos de los pájaros.

"¡Capitán Reno!" dijo, "Es un placer, como siempre, tenerte de nuestro lado en esta lucha."

Reno detuvo cortésmente los golpes al saco. Miró hacia arriba y escupió en un cuenco a su lado. El sudor le caía por la cara, y parecía que había estado usando una máscara para respirar en la atmósfera polvorienta de Y'Fert.

"Considera mis acciones recientes al tomar tu lado como una disculpa después de todos estos años," dijo Reno.

Mirando a Atticus con curiosidad, se quedó allí frente a él. Reno bajó las manos a su lado y las relajó. Analizó a Atticus durante un momento. Reno pudo leer la verdad en su rostro. La confianza estaba allí.

"¿Crees que he pasado por toda esta castigadora rehabilitación por nada, Atticus?" dijo Reno.

"No, no lo creo," dijo Atticus.

"Entonces, ¿por qué tengo la sensación de que aún no crees que estoy completamente de tu lado?" dijo Reno.

"Bueno, tal vez sea porque provienes de la poderosa Unión Estelar, o porque ahora tienes una reputación. Creo que es ambas cosas," dijo Atticus.

Reno simplemente negó con la cabeza y volvió a escupir en el cuenco. Aplaudió sus manos polvorientas y pasó sus dedos por su cabello rubio sucio. Encontró su chaqueta de capitán y se la puso sobre su camisa.

"Aida me va a hacer más ropa. Espero que sea de la mejor calidad vista en esta parte de la galaxia," dijo Reno a Atticus.

Atticus levantó las manos. Quería indicar que no tenía intención de ofender a Reno. Aún veía potencial en su relación con el grupo.

"Reno, te has ganado el derecho a la libertad. Podrías quedarte con nosotros. Eres bienvenido. Los destinos nos unieron, así que ¿quién puede decir quién destrozará nuestra relación?" dijo Atticus sinceramente.

Reno se quitó lentamente los guantes de boxeo, y miró a Atticus con una expresión desconcertante. Golpeó el saco de boxeo sin guantes con fuerza. Miró sus manos durante un rato.

"No creo en los dioses, Atticus, ni en el destino," dijo Reno. "Cómo he llegado a donde estoy es únicamente gracias al trabajo de estas manos y de este cuerpo."

El polvo del desierto barrió el campamento. El saco de boxeo se balanceó con el viento. En la distancia se escucharon algunos hodit, y el viento llevó consigo los gritos de los Pedisax que los arriaban.

En la distancia, enormes nubes de polvo rodaban por las colinas donde las cavernas estaban debajo de las montañas. De repente, se oyeron algunos hodit rugir. Los Pedisax empezaron a dar sus gritos y aullar. Alguien se acercaba.

Atticus miró hacia el polvo, las colinas y las montañas. Protegió la luz de los soles gemelos con la mano. Los pastores de hodit de los Pedisax pasaron corriendo junto a él y Reno.

"¡Saqueadores!" gritaron algunos de los Pedisax.

"Han venido para intentar acabar con nosotros en nombre de la Alianza Kernanita. Ganaremos esta batalla, Atticus," dijo un joven guerrero de los Pedisax.

"Al Star Jumper, Reno," dijo Atticus, "Iré a buscar a Llub y Aida."

Llub seguía afilando su espada cuando oyó el estruendo de los saqueadores acercándose. Aida soltó un grito y corrió hacia el Star Jumper. Llub reunió lo que pudo y también corrió hacia el Star Jumper. Esperó afuera hasta que llegaron Atticus y Reno.

"Gracias, Llub," dijo Atticus.

"Gracias de nuevo, amigo," dijo Reno.

El comunicador de Atticus en su cinturón empezó a pitar. Era uno de los jefes de los Pedisax. Atticus se dirigió a la consola de comunicación.

"Atticus, los atraparemos desde el suelo mientras tú los atacas desde el aire. ¿Todos están a salvo?" dijo el jefe.

"Sí, todos están a salvo por ahora. Me alegra que tengas una estrategia. Tenemos suficiente armamento para mantenerlos a raya desde el aire," dijo Atticus.

Llub estaba en la consola del piloto, y Atticus se sentó a su lado. Ambos pudieron ver los disparos de iones lanzados por los saqueadores. Los disparos estaban golpeando lo que quedaba del campamento y la granja. Una vez en el aire por completo, Llub llevó el Star Jumper alrededor de la llanura para enfrentar a los saqueadores que se aproximaban.

"¿Qué tienen en su arsenal, Reno?" dijo Atticus.

"Tienen algunos cazas Yellow Bird, algunas naves exploradoras equipadas con rayos de iones, y alrededor de quinientos infantes," dijo Reno.

"No es tan mala pelea," dijo Llub.

De repente, el Star Jumper se sacudió violentamente, saliendo chispas de las consolas de la nave. Las naves exploradoras de los saqueadores pasaron zumbando junto al Star Jumper, y Llub fue tras ellas.

"Los tengo a la vista, Reno," dijo Llub.

"Yo los tengo, Llub. Abriendo fuego," dijo Reno.

En un instante, dos exploradores explotaron en el cielo, y Reno y todos gritaron de alivio. Llub llevó el Star Jumper para otro ataque contra las fuerzas de los saqueadores en el aire. El capitán Reno escaneó la superficie para ver el estado de los Pedisax.

"Los Pedisax están atravesando las defensas de los saqueadores, Atticus," dijo Reno.

"¡Atticus! Soy Monto de los Pedisax," comunicó un jefe de los Pedisax vía holograma. "Tenemos al líder de los saqueadores en nuestras manos. ¿Qué hacemos?"

"Reténganlo hasta que eliminemos las fuerzas aéreas de los saqueadores," dijo Atticus.

"Así será," dijo Monto.

"La última de las fuerzas aéreas es un caza Yellow Bird, Atticus," dijo Llub.

"Estoy fijándome en él," dijo Reno.

Antes de que Reno pudiera abrir fuego, el caza Yellow Bird giró en el aire y se dirigió directamente hacia el Star Jumper. El Yellow Bird abrió fuego, con algunos rayos de iones que atravesaron el escudo del Star Jumper. Llub aceleró el Star Jumper, que se elevó tambaleante por encima del Yellow Bird.

"Voy a dar la vuelta para atrapar al caza desde atrás," dijo Llub.

El Star Jumper giró bruscamente, y el capitán Reno abrió fuego contra el caza Yellow Bird. El caza fue neutralizado. Tras todos los movimientos rápidos, Atticus y todos a excepción de Llub tenían el rostro pálido.

Aida se desplomó en su silla, tratando de relajarse. Todo había terminado. Reno también se dejó caer contra una pared del Star Jumper, exhausto.

"Necesito aterrizar el Star Jumper, Atticus," dijo Llub, "¿Dónde están los Pedisax? ¿Y dónde tienen al líder de los saqueadores?"

Atticus fue a la consola delante de él y miró un mapa. El Star Jumper encontró la ubicación de los Pedisax. Estaban cerca del borde del río, junto a la granja.

"Llévanos a la granja, Llub," dijo Atticus.

El Star Jumper aterrizó en las polvorientas orillas del río. Aida y Reno se pusieron ropa nueva. Llub y Atticus salieron y saludaron al jefe Pedisax, Monto. Atticus se acercó a un círculo de los Pedisax, donde había una figura encapuchada. Los Pedisax susurraban sobre el destino del líder. Atticus quería verlo primero.

Atticus se arrodilló junto al líder y le quitó la capucha. Todos dejaron escapar un grito de asombro. Este no era un saqueador típico saqueando por la galaxia. El líder era un Stie Luxiano.

"Eres… eres… Stie Luxiano," dijo Atticus.

Atticus analizó el cuerpo del extraño. Los tatuajes eran Stie Luxianos. Y era humanoide.

El líder saqueador escupió en el suelo junto a Atticus con el ceño fruncido. Apretó los dientes, intentando liberarse de sus grilletes. Cada vez que se movía demasiado, los grilletes enviaban ráfagas de iones a través de él.

"¿Esperabas algo menos, hermano?" dijo el líder saqueador.

Atticus retrocedió un paso mientras estaba arrodillado. No podía creer lo que estaba escuchando. Después de todo lo que ha sucedido, finalmente se encontró con su familia de nuevo, pensó. La mirada del hombre que se hacía llamar hermano de Atticus atravesó su cuerpo. Su madre y su padre nunca mencionaron que tenía un hermano. Las imágenes de gritos de…

Las imágenes de personas en las ciudades devastadas por la Alianza en su mundo natal pasaron ante sus ojos. Trató de recordar—cualquier cosa—que arrojara luz sobre este nuevo enemigo que ahora estaba arrodillado justo frente a él.

"¿Conoces a este hombre, Atticus?", dijo Monto.

"No… no lo sé," dijo Atticus, "Mi madre y mi padre—mi familia—nunca mencionaron que tuviera hermanos."

Monto leyó a Atticus con sinceridad y al extraño enemigo. Bufó y movió sus múltiples patas por la arena. Trajeron a Atticus a algunos saqueadores más. Algunos de ellos pertenecían a razas y especies que Atticus nunca había escuchado, ni siquiera en sus viajes. Saqueadores, aun así.

"Llévalo, Monto, y ponlo en las cavernas," dijo Atticus. "Decidiré qué hacer con él."

Tan pronto como dijo esto, su tatuaje comenzó a brillar, y el saqueador Stie Luxiano miró hacia atrás y le gritó a Atticus. Ahora, ambos tatuajes brillaban. Corriendo hacia los Pedisax y el extraño, quería preguntar nuevamente al Stie Luxiano si tenía alguna información.

"¿Sabes algo de Ba'Gam y la Alianza?", dijo Atticus.

"Tú y yo tenemos el mismo enemigo," dijo el saqueador.

"¿Cuál es tu nombre?", dijo Atticus.

"Me llamo Pito," dijo el saqueador.

Atticus miró su tatuaje nuevamente. Tenía el mismo brillo que el suyo. ¿Significaba lo mismo? Pensó.

"Te ofrezco algo de esperanza tras la muerte de tu hijo—o, como deberíamos decir ahora, mi ex sobrino," dijo Pito.

Atticus agarró su pistola de iones, la empuñó y la apuntó a su cabeza. Pito ni siquiera se movió.

"No sabes nada sobre cómo murió mi hijo ni sobre él ni sobre lo que nos trajo aquí. Así que ten cuidado con lo que dices. Y, si sabes algo y lo estás ocultando, te lo sacaré a golpes," dijo Atticus.

"Preferiría ir con tus amigos cangrejos, hermano," dijo Pito.

"Entonces, más vale que no hayas perdido tus esperanzas y no las mías," dijo Atticus.

El rugido del río ahogó rápidamente los gritos de los saqueadores que protestaban por su captura. La luz del sol de los soles gemelos gradualmente se transformó en el crepúsculo. Atticus regresó al Star Jumper para acampar y protegerse de la fría noche del desierto.

XVI

Las paredes de la caverna resonaban con los gritos de Pito. El látigo le cortaba la espalda, y él apretaba la tela que le habían dado.

El torturador Pedisax gruñó y agarró la cabeza de Pito. El torturador arqueó la espalda de Pito y lo lanzó contra la pared. Atticus estaba en las sombras, arrojando una piedra entre sus manos. Algo de sangre brotó de la boca de Pito. Sin dejar de mirarlo, Atticus lo levantó por los grilletes.

"¿Qué sabes?" dijo Atticus.

"¡Sé lo suficiente como para meterte en una tumba!" dijo Pito.

Atticus le golpeó el estómago. Pito jadeó y luego vomitó. La cara de Pito cayó al suelo. Atticus agarró la nuca de Pito y comenzó a estrangularlo.

"Dime todo lo que sabes, o te mataré aquí mismo, ahora," dijo Atticus.

Pito empezó a respirar con dificultad. Miró fijamente a Atticus. La sangre le goteaba de la boca.

"Está bien," dijo Pito, "Las coordenadas de dónde estabas fueron dadas por mí a Ba'Gam. Ba'Gam se trajo aquí. Solo somos saqueadores, Atticus. Él no sabía que yo era tu hermano perdido hace mucho tiempo, o me habría matado. Supongo," dijo Pito.

"Supone. Tienes buenas habilidades diplomáticas y eres más astuto que el promedio para lograr eso," dijo Atticus.

Pito sonrió con una sonrisa sangrienta. Risas siguieron. Empezó a sacudir las manos y a mover las muñecas.

"Fue mi niñera quien fue toda la inspiración a lo largo de mi vida. Ni siquiera tuve mi propia madre y padre adoptivos. Escuché sobre quién soy y de dónde vengo, de un deportista que conocí una vez," dijo Pito.

"Oh, ¿qué deporte?" preguntó Atticus.

"Tou-yo," dijo Pito, "Ya sabes, el que se juega rebotando pelotas contra la pared y atrapándolas con un guante de gravedad."

"Eso es un juego de colonizadores, para empezar. Para que sepas de su historia," dijo Atticus.

Pito hizo una mueca.

"¿Eres parte del secreto, Atticus?" dijo Pito, "Conoces las cosas extrañas sobre ti y sobre mí. ¿Por qué nuestra piel brilla cuando es perforada o estamos cerca de un adversario? Puedo ver que tu tatuaje brilla un poco. ¿Me ves como un adversario? ¿Verdad?"

Atticus no tenía tiempo para esta charla trivial ni cortesías. Ahora que sabía que Pito había confesado, podía pasar a otras cosas. Pito parecía cansado y asustado.

"Suéltalo," dijo Atticus a un soldado Pedisax.

"¿Liberarlo? Pero es nuestro único informante sobre la Alianza. Informaré al Jefe Monto de esto de inmediato," dijo el soldado.

"Si realmente es mi hermano, más cosas irán a nuestro favor," dijo Atticus.

Los grilletes de Pito se quitaron. Inmediatamente se puso de pie y empujó a Atticus. Pito fue demasiado rápido. Le dio un puñetazo a Atticus en la parte inferior derecha de la mandíbula.

El Pedisax puso un slicer en la garganta de Pito, obligándolo a detenerse. Atticus se levantó del suelo y dio un paso atrás de Pito. Lo miró fijamente.

"Sabes, el soldado podría cortarte la cabeza en cualquier momento," dijo Atticus.

Las fosas nasales de Pito se ensancharon. Apretó los puños y frotó los nudillos. Cerrando los ojos, comenzó a tararear.

"Mentiste, Atticus," dijo Pito.

"¿Sobre qué?" dijo Atticus.

"Todo. La guerra, la Alianza, Fina. Mentiste a todos para salir del peligro. ¡Cobarde!" dijo Pito.

Los soldados Pedisax se alarmaron por la muestra de ira de Pito y Atticus. Atticus hizo una señal a los Pedisax para que soltaran a Pito con más guardias. Tres guardias entraron en la cueva donde estaban todos de pie.

"Una última cosa, Pito. Yo tampoco conocí realmente a nuestros padres. Tienes un buen golpe, sin embargo," dijo Atticus mientras se frotaba la mandíbula.

Pito sonrió y luego frunció el ceño. Recogió algunas de sus pertenencias. Al encontrar su cinturón de comunicador, pidió ayuda a otros saqueadores. Cuando Pito llegó a la apertura de las cavernas, había un bombardero de ciclo de luz en la entrada.

De repente, los otros saqueadores cruzaron los brazos. Atticus seguía a Pito, y podía notar que Pito estaba sorprendido por la expresión de su rostro. Atticus se puso contra la pared para que Pito no pudiera verlo.

"¿Qué están haciendo?" dijo Pito a los saqueadores.

"Caldir, nuestro nuevo líder, ya no te quiere con nosotros, Pito. Los forasteros te contaminan, y conocen tu secreto: no eres realmente uno de nosotros," dijo un saqueador.

"Caldir puede discutir eso con los otros caudillos," dijo Pito.

Los otros saqueadores bloquearon el camino de Pito con barras de iones. Atticus sacó su pistola de iones de su costado. Pensó que estaban a punto de atacar a Pito.

Una vez que Atticus escuchó la pistola de iones cargarse, se puso en plena vista de la apertura de la caverna y disparó varios tiros a los saqueadores, eliminándolos instantáneamente. Corriendo hacia Pito, vio que Pito se agarraba el pecho. No había sido golpeado.

"¡Podrías haberme alcanzado! Pero en lugar de eso, ¡me salvaste! ¿Por qué?" dijo Pito.

"Ambos conocemos las reglas de lo dura que puede ser la vida, especialmente aquí en Y'Fert. Necesito un favor tuyo en el futuro," dijo Atticus.

Los Pedisax acompañaron a Atticus a un lugar remoto en el desierto, raramente visitado por nadie. Los paños cubrían los rostros de Pito y Atticus mientras la arena soplaba ferozmente a su alrededor y agitaba a los hodit. Montaron el campamento con los Pedisax, y luego Atticus fue a una gran duna.

Aquí, el viento y la arena se deslizaban sobre las enormes dunas, formando áreas planas mientras caían por las laderas. Frecuentado solo por los animales nativos, insectos y aves de Y'Fert, la estructura que el grupo estaba mirando era un antiguo crucero de la Flota Kernanita. Atticus comenzó a caminar hacia el crucero deteriorado. Hizo señas a los Pedisax para que se acercaran y removieran parte del metal. Atticus estaba en la parte donde el centro de mando estaba expuesto a la intemperie.

"Lo poco que podamos obtener aquí, lo necesitaremos," dijo Atticus.

"Los saqueadores prohibieron la entrada a este lugar. Dicen que está embrujado y es un lugar de descanso sagrado para las almas perdidas en las Guerras Verdes," dijo Pito.

Atticus desestimó su comentario mientras rebuscaba y tomaba lo que podía del crucero. Parecía estar completamente equipado con armas, mientras Atticus revisaba los diferentes paneles que habían sobrevivido al tiempo y los elementos.

Después de cortar y aflojar algunos cables y equipos, Atticus dio un fuerte grito de celebración. Había encontrado lo que buscaba entre los restos.

"¿Qué es?" dijo Pito.

"Es un transpondedor," dijo Atticus.

"¿Para qué lo puedes usar?" dijo Pito.

"Creo que podría usar el transpondedor para detectar la Flota Kernanita. La gente decía que era imposible, pero eso fue hasta que Llub encontró transpondedores más pequeños y menos intrincados en los exploradores kernanitas que atacaron," dijo Atticus.

"¿Por qué necesitamos detectar la Flota?" dijo Pito.

"Necesitamos detectar la Flota Kernanita para salvar nuestro hogar," dijo Atticus.

"Pero, Y'Fert es nuestro hogar," dijo Pito.

Atticus lo miró con furia. Pito parecía desconcertado. Midiendo a Pito, Atticus se dirigió en la otra dirección a pesar de que su lenguaje corporal señalaba una pelea inminente. Mientras Atticus se alejaba, Pito notó que estaba tarareando una canción. Era una vieja canción galáctica. De alguna manera la recordaba.

Caminando por el crucero abandonado, Atticus vio más transpondedores. Finalmente podríamos detectar la Flota Kernanita incluso si empiezan a esconderse en el espacio, pensó Atticus. Atticus escuchó un llamado de advertencia de los Pedisax y miró hacia arriba para ver qué era. Parecía que se acercaba una gran tormenta de arena.

Cuando Atticus regresó al hodit, Pito estaba escribiendo en uno de los cuadernos holográficos del Star Jumper. Pito lo apagó y miró hacia las montañas y colinas de donde parecía provenir la tormenta de arena en la distancia.

Cuando Pito, Atticus y los Pedisax regresaron al campamento y al Star Jumper, ya era de noche, y Aida, Reno y Llub se calentaban junto a un fuego. Pito y Atticus, cansados por el viaje, tomaron sus asientos alrededor del fuego. Atticus colocó los transpondedores en una mesa junto a él.

"Entonces, ¿qué hay de nuevo?" dijo el Capitán Reno.

"Nada, al parecer. Parece basura," dijo Aida.

Llub gruñó hacia ellos, luego tomó los transpondedores. Los examinó detenidamente y luego les pasó un escáner. Sus ojos se agrandaron.

"Mi intuición era correcta. Atticus nunca traería basura. Esto parece nuestro boleto para salir de esta roca y continuar nuestro viaje," dijo Llub.

"Pero, este lugar es nuestro hogar," dijo Reno.

Aida parecía estar poniéndose emocional. Miró hacia donde estaba enterrado Sicro. Apartando la vista de los demás, se levantó y se dio la vuelta hacia ellos.

"Ya no tengo sentimientos por este lugar. Eso es todo," dijo Aida.

Pito miraba a los demás, esperando que Atticus entendiera la situación y lo presentara. Todos parecían estar preocupados por algo. No podía entender qué era lo que ocupaba sus pensamientos. Pito tosió ruidosamente, y Atticus lo miró.

"Este es Pito. ¡Es un saqueador que decidió atacarnos y se reveló como mi hermano! ¿Pueden creerlo?" dijo Atticus.

La exclamación de Atticus fue recibida con silencio. Nadie en el grupo parecía emocionado de que Pito estuviera allí. El Capitán Reno analizó a Pito por un momento. De repente, soltó un suspiro. La piel de Pito comenzó a brillar con un tono azulado.

"¡Miren, Aida y Atticus! ¡Está brillando como ustedes dos!" dijo Llub.

"¿Quién es el enemigo esta vez?" preguntó Llub, riendo. Luego señaló al Capitán Reno y comenzó a caminar hacia el suelo del desierto.

"Entonces, ¿el Capitán Reno es el enemigo?" dijo Atticus entre risas.

Pito se sonrojó. Sacó un escáner para revisar nuevamente los alrededores y asegurarse de que no hubiera saqueadores, animales salvajes o posibles atacantes presentes.

"Volviendo a la basura, creo que son transpondedores de algún tipo," dijo Llub.

"Así es," dijo el Capitán Reno, "Transpondedores como esos pueden detectar, ocultar cualquier cosa y comunicarse de manera eficiente y rápida."

"Mañana, partiremos de Y'Fert," anunció repentinamente Atticus.

El Capitán Reno quería interceder, pero Atticus levantó la mano en señal de detenerse. Aida arrojó algunos palos al fuego y bebió agua limpia del río. Observó cómo su piel brillaba.

A la mañana siguiente de la presentación de Pito, Atticus y el grupo comenzaron a recoger las pertenencias que habían acumulado a lo largo de los años. El Capitán Reno dio instrucciones a algunos Pedisax sobre cómo mantener la granja. Llub comenzó a despedirse de algunos cazadores Pedisax con los que había desarrollado una amistad. Atticus y Pito hicieron algunos arreglos para garantizar que la granja y el acceso de los Pedisax al agua estuvieran seguros de los saqueadores. Aida estaba en el Star Jumper haciendo su cama en la sección de pasajeros. Parecía indiferente al momento de dejar Y'Fert.

Pasaron varios días hasta que la tripulación del Star Jumper estuvo lista. Cada uno de ellos entró lentamente en el Star Jumper, y todos dijeron sus despedidas por última vez. Llub tomó la silla del piloto, y Atticus tomó la del copiloto.

"¿Listo para hacer historia?" dijo Atticus.

Llub mostró una profunda y satisfecha sonrisa Itoriana. Sus manos pasaron sobre la consola del piloto, y el Star Jumper se elevó rápidamente. Se podía ver a algunos Pedisax en la distancia saludando para despedirse. Una vez fuera de la órbita de Y'Fert, Llub se preparó para entrar en el hiperespacio rumbo a Stie Lux. Llub presionó el panel de hiperespacio.

"¿Listo?" dijo Llub a Atticus.

"Mi intuición era correcta. Atticus nunca traería basura. Esto parece nuestro boleto para salir de esta roca y continuar nuestro viaje," dijo Llub.

"Pero, este lugar es nuestro hogar," dijo Reno.

Aida parecía estar poniéndose emocional. Miró hacia donde estaba enterrado Sicro. Apartando la vista de los demás, se levantó y se dio la vuelta hacia ellos.

"Ya no tengo sentimientos por este lugar. Eso es todo," dijo Aida.

Pito miraba a los demás, esperando que Atticus entendiera la situación y lo presentara. Todos parecían estar preocupados por algo. No podía entender qué era lo que ocupaba sus pensamientos. Pito tosió ruidosamente, y Atticus lo miró.

"Este es Pito. ¡Es un saqueador que decidió atacarnos y se reveló como mi hermano! ¿Pueden creerlo?" dijo Atticus.

La exclamación de Atticus fue recibida con silencio. Nadie en el grupo parecía emocionado de que Pito estuviera allí. El Capitán Reno analizó a Pito por un momento. De repente, soltó un suspiro. La piel de Pito comenzó a brillar con un tono azulado.

"¡Miren, Aida y Atticus! ¡Está brillando como ustedes dos!" dijo Llub.

"¿Quién es el enemigo esta vez?" preguntó Llub, riendo. Luego señaló al Capitán Reno y comenzó a caminar hacia el suelo del desierto.

"Entonces, ¿el Capitán Reno es el enemigo?" dijo Atticus entre risas.

Pito se sonrojó. Sacó un escáner para revisar nuevamente los alrededores y asegurarse de que no hubiera saqueadores, animales salvajes o posibles atacantes presentes.

"Volviendo a la basura, creo que son transpondedores de algún tipo," dijo Llub.

"Así es," dijo el Capitán Reno, "Transpondedores como esos pueden detectar, ocultar cualquier cosa y comunicarse de manera eficiente y rápida."

"Mañana, partiremos de Y'Fert," anunció repentinamente Atticus.

El Capitán Reno quería interceder, pero Atticus levantó la mano en señal de detenerse. Aida arrojó algunos palos al fuego y bebió agua limpia del río. Observó cómo su piel brillaba.

A la mañana siguiente de la presentación de Pito, Atticus y el grupo comenzaron a recoger las pertenencias que habían acumulado a lo largo de los años. El Capitán Reno dio instrucciones a algunos Pedisax sobre cómo mantener la granja. Llub comenzó a despedirse de algunos cazadores Pedisax con los que había desarrollado una amistad. Atticus y Pito hicieron algunos arreglos para garantizar que la granja y el acceso de los Pedisax al agua estuvieran seguros de los saqueadores. Aida estaba en el Star Jumper haciendo su cama en la sección de pasajeros. Parecía indiferente al momento de dejar Y'Fert.

Pasaron varios días hasta que la tripulación del Star Jumper estuvo lista. Cada uno de ellos entró lentamente en el Star Jumper, y todos dijeron sus despedidas por última vez. Llub tomó la silla del piloto, y Atticus tomó la del copiloto.

"¿Listo para hacer historia?" dijo Atticus.

Llub mostró una profunda y satisfecha sonrisa Itoriana. Sus manos pasaron sobre la consola del piloto, y el Star Jumper se elevó rápidamente. Se podía ver a algunos Pedisax en la distancia saludando para despedirse. Una vez fuera de la órbita de Y'Fert, Llub se preparó para entrar en el hiperespacio rumbo a Stie Lux. Llub presionó el panel de hiperespacio.

"¿Listo?" dijo Llub a Atticus.

"Estoy escaneando la superficie del planeta. Hasta ahora, el planeta está en algún tipo de bucle de información. No está dispuesto a transferir información al exterior," dijo Atticus.

"También se apagaron las luces en Stie Lux. ¿Hay alguien en casa?" dijo Llub.

"Lo averiguaremos," dijo Atticus.

XVII

El Star Jumper se sumergió en la oscuridad mientras el sonido del aire llenaba el interior de la nave. Atticus se aferró con fuerza al asiento del copiloto. Al mirar a Llub, vio una preocupación intensa y determinación en los ojos de su compañero. El Star Jumper se precipitó al igual que el estómago de Atticus. Aida soltó un grito, y el Capitán Reno buscó un sedante. Todo este movimiento entretenía a Pito. Atticus miró a Pito. Por su apariencia, parecía que estaba montando un hodit en Y'Fert.

La pantalla de visualización parpadeó encendiéndose y apagándose, mostrando un posible sitio de aterrizaje en el terreno plano más cercano. Atticus cerró los ojos y su cuerpo se tensó. Luego escuchó al Star Jumper tocar el suelo.

"Bueno, eso fue un paseo emocionante," dijo Llub.

"Podrías haber hecho un aterrizaje un poco más suave," le fulminó Atticus.

Cuando Atticus salió del Star Jumper, una niebla azotaba sus pies. Habían aterrizado en una llanura costera cerca de un océano. Las nubes eran de color púrpura mientras las lunas gemelas de Stie Lux proyectaban su luz sobre el mar y la llanura que se encontraba debajo de ellos. Atticus alzó el pulgar hacia las lunas gemelas para medir y ver si las mareas ya habían subido durante la noche. Parecía que habían llegado unas dos horas antes, según su posición. Recordó que, en su niñez, cocinaba pescado fresco y algas marinas para el desayuno. Sería de día en un par de horas. Atticus se volvió hacia los demás.

"Lo mejor sería dirigirnos a la capital de Tonbre," dijo Atticus.

Aida se estremeció al sentir cómo el calor del océano se convertía brevemente en frío. Nunca había estado en un mundo así en su vida. Según las historias que le contaban sobre él, era un lugar encantado.

"¿Estamos seguros aquí, Atticus?" preguntó Aida.

"Los transpondedores realizaron bien la tecnología de sombra. La Flota Kernanita no nos detectó aquí," dijo Atticus.

"Llub también hizo un excelente trabajo pilotando," dijo el Capitán Bahm.

Pito se había apartado del grupo para mirar hacia el mar. Parecía estar hipnotizado por algo. Atticus caminó hacia él y lo agarró del hombro.

"Este es nuestro hogar. Podemos liberarlo de los Kernanitas," dijo Atticus a Pito.

"Pero ¿por qué la población local nos escucharía a ti y a mí, Atticus? No somos más que hijos de gobernantes olvidados," dijo Pito.

"No tenemos nada que perder, Pito, al captar su atención," dijo Atticus.

En el bosque detrás del grupo, escucharon arbustos y hojas reacomodándose. Todos en el grupo prepararon sus pistolas iónicas. Aida se dirigió hacia la parte trasera del grupo, cerca del Star Jumper. Lo que salió de entre los arbustos fue un Netcaz rechoncho y muy adornado.

"Hola," dijo el Netcaz.

Atticus les hizo señas a los demás para que se detuvieran y bajaran sus armas. Recordaba a los Netcaz de su infancia. Eran una población nativa de recolectores y constructores de tres ciudades. Eran aislados pero amables al mismo tiempo, y nadie sabía por qué.

"¡Hola! ¿Cuál es tu nombre? Y, si no te molesta que te lo pregunte, ¿qué haces aquí?" dijo Atticus.

"Soy Riceub de los Netcaz. Estoy en una misión de reconocimiento para ver de dónde venían las luces del cielo. Ahora sé que eran de su nave," dijo Riceub.

"¿Has visto a alguien de la Flota Kernanita?" preguntó Atticus.

"Ninguno," respondió Riceub, con una expresión preocupada por la pregunta y notando a los demás, especialmente a Aida, en el fondo.

"Tienes a una Humar contigo," dijo Riceub.

"Sí, así es," respondió Atticus.

Riceub parecía confundido. Se rascó la cabeza y luego miró un escáner que sostenía con sus grandes manos y largos dedos. El escáner comenzó a emitir pitidos, y Riceub se acercó al Star Jumper. El Capitán Reno extendió su brazo para bloquearlo.

"¿Qué estás haciendo?" preguntó Riceub.

"No podemos dejarte entrar al Star Jumper," respondió Reno.

"¿Por qué? El escáner está detectando una firma de energía de algún tipo," dijo Riceub.

Atticus puso su mano en el hombro de Riceub, pero de repente, el tatuaje de Atticus comenzó a brillar. Se apartó de Riceub, pero fue demasiado tarde. Una descarga de energía lanzó a Atticus a los arbustos. Aida corrió hacia él, y su piel también estaba brillando. Riceub parecía horrorizado por lo que acababa de suceder.

"Eres un Humar, y ese parece ser de Stie Lux," dijo Riceub. La expresión de desconcierto de Riceub continuó. Los puntos en el rostro del Netcaz saltaban de un lugar a otro mientras conversaba con Atticus. Aida se acercó desde el Star Jumper al lado de Atticus. Riceub empujó a Aida hacia un lado.

"Estúpidos Humar y todos sus trucos," dijo Riceub.

"Los suyos nos están salvando durante esta guerra," dijo Atticus al Netcaz.

Riceub bufó y continuó con su tarea de escanear el Star Jumper. Aida se frotó el hombro, y Atticus rápidamente fue hacia Llub. Llub parecía ocupado con otra cosa.

"Atticus, no estoy seguro de Stie Lux," dijo Llub.

"¿Qué quieres decir?" preguntó Atticus.

"Este Netcaz no está actuando de la forma correcta. Deberían ser más… amigables," dijo Llub.

"Bueno, Llub, la diplomacia nunca fue tu fuerte," dijo Atticus. Llub sonrió y se acercó a conversar con el Capitán Reno. Atticus quería mencionar quién era él a Riceub el Netcaz para ver si eso le llevaría a algún lugar.

"Sabes, nunca me presenté. Soy Atticus," dijo.

Por un momento, el Netcaz lo ignoró y luego, de repente, se giró para mirar a Atticus. Señaló en la dirección de la que había venido a través del bosque. Pito miró en la dirección de Riceub y vio luces acercándose.

"Tonbre está por allí, junto con el resto de ustedes, invasores y tiranos," dijo Riceub.

"¿Quién viene por ahí?" preguntó Pito.

"Si tu amigo es quien dice ser, estarán furiosos o extasiados," dijo Riceub.

"Vamos a encontrarnos con ellos a mitad de camino en el bosque," dijo Pito a Atticus y al Capitán Reno.

"Parece una multitud de personas que se dirigen hacia nosotros," dijo Riceub.

Atticus encabezó el camino a través del bosque, con los demás siguiéndolo. Las luces de la multitud se hicieron más brillantes con cada paso que daba hacia ellos. Decidió rodearlos para ver si podían alejarse de ellos y dirigirse hacia la ciudad. Fue demasiado tarde.

"¡Tú ahí! ¡Detente!" dijo una voz fuerte.

Pronto, disparos de energía iónica llenaron el bosque, y Atticus devolvió el fuego. El Capitán Reno se unió a la lucha. Una granada iónica explotó en algún lugar a la izquierda de Atticus.

"¡Riceub! ¡Haz algo!" gritó Atticus.

Riceub tocó su cinturón de utilidades y buscó entre sus opciones de armas. Al instante, una red apareció alrededor de Atticus, el Capitán Reno y Riceub, aturdiendo a toda la multitud.

Una densa niebla comenzó a rodar mientras Atticus, Reno y Riceub buscaban entre la multitud, buscando pistas sobre por qué fueron atacados. Uno de los atacantes comenzó a despertarse, y Reno le dio un cabezazo para derribarlo al suelo. Atticus metió la mano en la chaqueta del último atacante y encontró lo que estaba buscando.

"Son del Ejército del Cáliz de la Vida," dijo Atticus.

"¡Dame eso!" dijo Riceub.

El Netcaz examinó los detalles de la insignia del atacante. Sonrió mientras abría la insignia, revelando energía que pulsaba desde ella. Riceub tomó su escáner y dejó de sonreír.

"Son del Ejército del Cáliz de la Vida por las firmas de energía en esta insignia. Pensé que eran solo un mito. Incluso aquí, en Stie Lux, nadie hablaba en serio sobre el Ejército," dijo Riceub.

Algunas ramas se movieron detrás de Riceub. Atticus apuntó su arma iónica. Eran Aida, Llub y Pito. Aida y Llub llevaban algo entre ellos cubierto con una tela.

"¿Qué trajeron?" preguntó Atticus.

"Trajimos el Cáliz de la Vida," dijo Aida.

"Pensamos que podrías necesitar ayuda cuando escuchamos los ataques," dijo Pito.

"Bueno, a menos que quieras pasar por la molestia de aturdirlos de nuevo, mejor nos apresuramos hacia la ciudad," dijo Riceub.

"Entendido," dijo Llub.

Atticus tomó la delantera, abriéndose paso a través del denso bosque hacia Tonbre. Cuando llegaron, se encontraron con lo que parecía una celebración. Fuegos artificiales llenaban el aire, y los juerguistas estaban en la calle. Pito se acercó a Atticus.

"Vamos a una posada o algo así," dijo Pito.

"De acuerdo," dijo Atticus.

Riceub nunca apartó su escáner de la caja del Cáliz de la Vida. Atticus de vez en cuando lo miraba con el ceño fruncido. Finalmente encontraron un lugar para descansar. Se llamaba la Galáctica Posada.

"Una habitación para cinco," dijo Atticus.

"¿Qué estás trayendo a Tonbre, un circo?" dijo el posadero.

Los Stie Luxianos eran personas insulares que estaban ferozmente apegadas a su libertad. No les gustaba la influencia de los forasteros. Con el paso de los años, sin embargo, los Stie Luxianos habían olvidado los caminos de sus gobernantes de antaño. Después de todo, no sabían que varios estaban entre ellos.

Todos durmieron bajo techo esa noche mientras los juerguistas nocturnos pasaban por la posada. De vez en cuando, un nibit—un sabueso nativo aullaba en la noche. Cuando Atticus estaba profundamente dormido, escuchó la puerta de la posada caer abierta y golpear el suelo. Corrió desde su habitación solo para encontrar más hombres con armas. Eran de la Guardia del General. Sus uniformes dorados brillaban a la luz de la luna.

"Estamos buscando a Atticus Lokar. Hay una orden de arresto de parte del General Pox," dijo uno de los soldados.

La Guardia del General no era un ejército de soldados ni guerreros. Estaban en su lugar para el eventual regreso de los gobernantes de Stie Lux. Atticus entrecerró los ojos al haz de luz sobre su rostro y tosió mientras el polvo llenaba sus pulmones.

"No hay nadie aquí con ese nombre," dijo Atticus.

"Su familia es un grupo de criminales, nada más. Y, ¿quién eres tú?" dijo un soldado.

"Mi nombre es Menco. Soy de un pueblo en la costa," dijo Atticus.

Los soldados fruncieron el ceño. Atticus no sabía qué hacer ahora. No parecían comprar su historia. Un soldado sacó uno de sus escáneres y fue a donde dormía el encargado de la posada. Se escuchó una pelea, y el soldado regresó ensangrentado, pero con el encargado.

"Es él, es Atticus Lokar," dijo el encargado de la posada.

El tatuaje de Atticus comenzó a brillar de inmediato, y levantó su brazo justo a tiempo para bloquear un disparo de uno de los soldados. El escudo de energía que desarrolló alrededor de su cuerpo absorbió el disparo. Llub se despertó por lo que estaba sucediendo e intentó sacar su pistola de iones, pero fue aturdido rápidamente. Los soldados agarraron a Llub. Atticus dejó que la energía azul se acumulase en su mano y lanzó una ráfaga a la Guardia. Algunos cayeron, pero se fueron demasiado rápido, arrastrando a Llub.

Atticus corrió de vuelta con los demás. Aida, Pito y Reno estaban en las puertas de sus habitaciones. Se escuchaban los quejidos de los soldados, y el encargado de la posada gritaba para que abandonaran su establecimiento.

"¿Qué hacemos, Atticus?" dijo Reno.

"Necesitamos teletransportar el Cáliz de regreso al Star Jumper," dijo Atticus.

"Pero lo necesitamos para salvar Stie Lux," dijo Aida.

"Parece que hay una lucha por el control de este planeta antes de poder salvarlo. Pito, ¿tienes suficiente energía en tu escáner para teletransportar el Cáliz?" dijo Atticus.

"La tengo," dijo Pito.

"¡Entonces hazlo! Y, también teletranspórtate a ti mismo," dijo Atticus.

Atticus y todos hicieron su camino fuera de la posada a través de las ventanas. Vehículos de la Guardia llenaban las calles y rodeaban las fronteras de Tonbre. Atticus estaba cubriendo la retaguardia del grupo cuando su pie quedó atrapado bajo la raíz de un árbol.

"Atticus, ¿qué estás haciendo?" dijo el Capitán Reno.

"¡Estoy atrapado! ¡Sigue adelante sin mí!" dijo Atticus.

Se escuchó un vehículo acercándose, y Reno sacó su pistola de iones, pero fue aturdido. Antes de que Atticus se diera cuenta, la Guardia estaba por todas partes. Lo último que recuerda es la tierra húmeda del bosque.

Atticus despertó en un suelo de piedra. El aire frío de la mañana se colaba por una ventana. La luz del sol matutina se filtraba, exponiendo una celda resbaladiza y húmeda. Al ver a Llub en la esquina de la celda, Atticus pateó un cubo para despertar a Llub.

"Llub, soy yo, Atticus," dijo.

Llub se dio la vuelta y luego rodó hacia donde estaba Atticus en la celda. Tenía varios moretones en los brazos, pero estaba sano. Un guardia del General estaba colocado fuera de la puerta de la celda. Por el emblema en la Guardia del General, estaban dentro de la ciudadela del General Pox.

Atticus encontró un chip en su manga derecha. Las esposas que lo sujetaban estaban operadas por chips, así que Atticus decidió forzar la cerradura. Le tomó tres intentos, pero logró quitarse las esposas.

Hizo lo mismo con Llub. Examinando la puerta, Atticus sabía que necesitaba un explosivo para abrirla. Encontró un escáner viejo en su cinturón de utilidad que podía explotar. Se sorprendió de que aún lo tuviera. La Guardia no lo había desarmado completamente. Atticus y Llub se apartaron al otro lado de la celda. El escáner explotó.

Inmediatamente apareció un guardia, y Atticus lo desarmó con un puñetazo. Le quitó las armas.

Mirando alrededor del pasillo, Atticus dedujo que estaban justo debajo de la Sala del Gobernante.

Les tomó un tiempo a Atticus y Llub llegar a la Sala del Gobernante. Parecía que no había nadie allí. Las esferas de luz se encendieron mientras caminaban por la cámara. La última esfera se encendió, y entonces vieron al General Pox sentado en el trono con una caja y un paño. Era el Cáliz de la Vida. De alguna manera, lo había conseguido. Atticus y Llub miraron a su alrededor, pero antes de que pudieran sacar sus armas, la Guardia del General les puso cuchillos en la garganta.

El General Pox aplaudió y retiró el paño. El Cáliz brillaba, y la Tiara del Gobernante estaba junto a él. El General Pox convocó a más guardias, y trajeron a Aida y a los demás con ellos.

"Bien hecho, todos, por caer en las manos del enemigo," dijo el General Pox.

"Así que el gran y poderoso Atticus ha venido por su trono. ¿Desde dónde? Ah, vienes de Fina. El hogar improbable de los olvidados de la galaxia," dijo el General Pox.

"Deja ir a todos y tómame solo a mí," exclamó Atticus.

"General, tenemos movimiento en la órbita de Stie Lux. Son los Kernanitas, General," dijo un soldado.

Atticus y Aida, entre otros, sintieron de nuevo la energía azul fluir por sus cuerpos. Aida intentó liberarse de las manos de un guardia, pero falló. Atticus también lo intentó. Su energía solo se hizo más fuerte mientras los guardias se cubrían los ojos.

XVIII

El General Pox y la Guardia se cubrieron los ojos de la luz. Cayeron al suelo. La Tiara del Gobernante se levantó de su lugar. Brillaba intensamente. Algunos de los soldados intentaron agarrarla, pero fueron repelidos. La piel de Aida comenzó a brillar en un azul iridiscente. Atticus empezó a abrirse camino golpeando a tantos guardias como fuera posible. Corriendo hacia la Tiara del Gobernante, Aida se la colocó en la cabeza. La tiara emitió una luz cegadora. Los guardias comenzaron a huir aterrados.

Atticus notó algo de sangre en su brazo, pero tuvo suerte. Su tatuaje también estaba brillando. Quería ir tras el General Pox. Pito y los demás seguían luchando contra los guardias.

Para cuando Atticus llegó a donde estaba el General Pox, el General se había teletransportado y desaparecido de la Sala del Gobernante. Riceub estaba ocupado coordinando nuevas formas de salir de la situación peligrosa. Trabajaba frenéticamente.

"Atticus," dijo Riceub, "los Kernanitas comenzaron a atacar Stie Lux y Tonbre. Es solo cuestión de tiempo antes de que el planeta y la ciudad caigan ante ellos."

Aida corrió hacia el trono en la Sala del Gobernante y miró su nuevo lugar. Dos naves de guerra Kernanitas se podían ver sobre la capital. La capital, sin embargo, estaba siendo golpeada por bombas de iones de vez en cuando.

Atticus miró hacia el resto del grupo. Llub estaba ayudando al Capitán Reno a levantarse del suelo. Por alguna razón, Aida fue hacia el trono con su piel brillando. Pito parecía estar moviendo el Cáliz de la Vida, pero parecía atascado en su caja. Riceub observaba por la ventana junto a Atticus.

"Bueno, Atticus, has llegado a tu hogar ancestral. ¿Y ahora qué?" dijo Riceub.

"Se ve como lo imaginaba, incluso la Sala del Gobernante parece como si ayer mis padres hubieran dejado Stie Lux," dijo Atticus.

"Este lugar te queda bien, Atticus. Hay diversión en la ciudad y un montón de gente a la que dar órdenes aquí," dijo Llub.

"Eso me recuerda, Riceub. ¿Cómo haremos para que la Guardia del General esté de nuestro lado?" dijo Atticus.

"Anunciaron que los Kernanitas estaban aquí, así que estarán alrededor de las principales ciudades y las costas," dijo Riceub.

"Deberíamos enviar códigos de encriptación para bloquear a la Guardia de sus armas," dijo el Capitán Reno.

"Esa es una idea maravillosa," dijo Riceub.

"Necesitamos regresar al Saltador Estelar antes de que caigan más bombas sobre Tonbre," dijo Llub.

"Espera, no puedo ir contigo," dijo Aida.

Atticus corrió hacia Aida. Ella lucía cansada. Su piel brillante parecía superar a las demás luces cercanas. La luz azul brilló sobre Atticus y lo calmó.

"No podemos quedarnos aquí, Aida. Debemos irnos," dijo Atticus.

"¡Atticus! Los pueblos costeros y las llanuras están comenzando a arder. Alertaré a los Netcaz. Ellos viven en el bosque al otro lado de la ciudad," dijo Riceub.

El Capitán Reno y Llub siguieron a Riceub. Pito todavía estaba obsesionado con el Cáliz de la Vida. Parecía que no quería dejarlo.

"Pito, debemos irnos," dijo Atticus.

"El secreto, Atticus. No podemos dejar que caiga en manos enemigas," dijo Pito.

La ciudadela comenzó a temblar mientras las naves de guerra kernanitas apuntaban a Tonbre. Se escuchaban los gritos de los habitantes de la ciudad desde las calles. Aida miraba hacia adelante, fijamente, a través de la Sala del Gobernante sin pestañear.

Atticus agarró a Aida, la levantó y caminó a través de la Sala del Gobernante. Ella dejó escapar un jadeo. El Cáliz de la Vida todavía tenía la atención de Pito. Atticus lo empujó en el hombro para señalar que era momento de irse.

Pito salió de su trance y agarró el Cáliz de la Vida. El grupo avanzó por el laberinto de la ciudadela. Cuando llegaron a las calles, encontraron horror por todas partes. Los niños habían quedado sin padres, y los ancianos, solos para morir. Los stie luxianos sabían que el fin debía estar cerca para llegar a un estado tan bajo y sin luchar. En la distancia, se podían ver algunos Guardias del General.

Todos sacaron sus armas de iones, pero se escondieron en un callejón para dejarlos pasar. Riceub estaba sudando y respirando con dificultad. El Capitán Reno y Llub se movieron al otro lado del callejón para mostrar que el camino estaba despejado.

"Debemos llegar al bosque. Mi gente puede ayudar a Atticus y Aida," dijo Riceub.

"¿Con qué? Stie Lux está bajo ataque," dijo el Capitán Reno. Riceub sonrió. El Capitán Reno le devolvió la sonrisa.

"Intentaremos esto," dijo Riceub.

Riceub buscó en su cinturón de utilidades y, de repente, se abrió una puerta de teletransporte. El polvo comenzó a caer de los edificios a su alrededor mientras temblaban. Riceub tomó la mano de Aida. Después de que todos entraron por la puerta de teletransporte, Atticus se detuvo y miró a Riceub.

"Quiero agradecerte por todo lo que has hecho," dijo Atticus.

Antes de que Atticus pudiera terminar lo que estaba diciendo, algunos Guardias del General aparecieron en el callejón y cargaron sus armas. Con un solo disparo, alcanzaron a Riceub, y fue asesinado. Atticus se arrodilló para revisar el pulso de Riceub, pero no había nada que pudiera hacer—estaba muerto.

Atticus rápidamente atravesó la puerta de teletransporte, y en un momento, estaba junto al Saltador Estelar con los demás. Llub cerró inmediatamente la puerta de teletransporte detrás de Atticus. Los árboles a lo largo de la costa comenzaron a balancearse mientras una tormenta se desataba en la llanura.

"¿Riceub lo logró?" preguntó el Capitán Reno.

Atticus simplemente sacudió la cabeza.

"Maldita sea," dijo el Capitán Reno, "¡Era nuestra salida de aquí!"

Atticus caminó hacia el Saltador Estelar—agotado. Los demás entraron al Saltador Estelar. Llub se sentó junto a Atticus.

"Quiero que vayas delante de mí, Atticus. Estaré bien," dijo Llub.

"Pero—no lo lograrás, Llub—Tonbre y el planeta están llenos de kernanitas," dijo Atticus.

"Es lo mejor, y lo mejor para la galaxia. Y Aida," dijo Llub.

"¿Qué harás? ¿Cómo nos ayudarás?" dijo Atticus.

"Encontré un Saltador Estelar Netcaz orbitando Stie Lux. Podríamos tener al Capitán Reno y a Pito pilotándolo y manejándolo. Te darán cobertura contra los kernanitas en caso de que te superen," dijo Llub.

"Yo dirigiré las operaciones desde una ciudadela fuera de una ciudad en la otra costa," dijo Llub.

"Está bien, mantente a salvo," dijo Atticus.

El fuego amarillo y naranja de las armas de iones ardía en el cielo de Stie Lux. Tonbre estaba en llamas. Una nube oscura de humo cubría las dos lunas mientras Llub se dirigía al otro lado de la costa.

"Atticus, ¿qué está haciendo Llub?" dijo Aida.

"Está proporcionando más apoyo," dijo Atticus.

"Atticus, aquí Capitán Reno. Estoy activando el manto de sombra, y estaremos en órbita en breve," dijo el Capitán Reno.

Aida se quejaba de dolor. Se rascaba la piel, y la Tiara del Gobernante todavía estaba en su cabeza. Atticus pensó que se veía hermosa con ella. Se veía tan bien en ella como en su madre.

Cuando el Saltador Estelar alcanzó la órbita, todos miraron el caos desatado por los kernanitas. La Flota de Stie Lux estaba activada y había entrado en combate contra los kernanitas. También se veían algunos grupos de cazas Netcaz.

"Están dando todo lo que tienen para luchar contra los kernanitas," dijo Atticus a Aida.

Atticus miró su tatuaje, que aún brillaba, y luego a Aida. Fue a la consola de operaciones para ver si podía captar alguna señal de Ba'Gam. Operaciones no detectó ninguna señal de Ba'Gam. Atticus suspiró.

"Atticus, hemos detectado el Saltador Estelar Netcaz," dijo el Capitán Reno.

"En ello," dijo Atticus.

Solo tomó una o dos horas para que Pito y el Capitán Reno cambiaran entre el Saltador Estelar y la nave Netcaz. Atticus estaba en el centro de transferencia entre los dos Saltadores Estelares cuando se vio un resplandor de luz procedente de Stie Lux. Atticus solo pensó que había explotado una nave de guerra. Más explosiones ocurrieron y luego sintió que el Saltador Estelar giraba.

"Tenemos un problema, Atticus," dijo el Capitán Reno.

"Los kernanitas han utilizado colisionadores de iones para bombardear la superficie de Stie Lux," dijo Pito.

"Atticus, ¿estás ahí?" dijo el Capitán Reno.

Atticus estaba corriendo y vomitando al mismo tiempo. Las ondas de energía liberadas por los colisionadores de iones hicieron girar los Saltadores Estelares. ¿Qué había pasado con Llub?, pensó Atticus.

Atticus se sentó en la silla del piloto y liberó el Saltador Estelar de la nave Netcaz. Aida fue a la consola de ciencia para ver lo que mostraba la pantalla de visualización. Las ondas de choque continuaban sacudiendo la nave Netcaz.

"Atticus, Stie Lux es escombros. Se ha ido, Atticus," dijo Aida.

"¿Qué?" dijo Atticus.

"Necesitamos salir de aquí. Pedazos de Stie Lux vienen en nuestra dirección," dijo Aida.

La nave Netcaz realizó un giro y se liberó del Saltador Estelar. Pedazos brillantes de roca pasaron cerca de las dos naves. El Saltador Estelar activó sus motores y voló más allá de los escombros. La nave Netcaz los seguía.

"Atticus, ¿qué pasó con Llub? Necesitamos saltar al hiperespacio. Parte de la flota kernanita está delante de nosotros," dijo el Capitán Reno.

Atticus intentaba orientarse dentro del Saltador Estelar y ver si podía captar la señal de Llub. El Saltador Estelar salió del hiperespacio en el borde del sistema solar. Tomando lecturas de lo que quedaba de Stie Lux, vio que no había manera de que Llub pudiera haberlo logrado. Él se había ido.

Se dejó caer en su silla. Aida no se veía muy bien, así que pidió a un robot médico que los evaluara. Los dedos fríos del robot pasaron rápidamente por el brazo de Atticus.

"No te ves bien," dijo el robot médico. "Estás pasando por un estado de shock debido a todo el estrés—Aida también," dijo el robot.

Atticus contuvo las lágrimas. Estuvieron tan cerca de detener a los kernanitas. Lo podía sentir, pero habían perdido Stie Lux—su hogar y a todos los que vivían allí. Revisó los nuevos datos para ver si había alguna señal de la nave de Ba'Gam. No había nada.

La nave Netcaz del Capitán Reno salió del hiperespacio cerca de Atticus. Atticus no tenía ganas de hablar con ellos. ¿Qué pasa con D'Er? pensó Atticus. Empezó a pensar que Ba'Gam estaba tras algo aún más aterrador que destruir Stie Lux.

"Atticus, necesitamos movernos antes de que más escombros rocosos nos alcancen por la destrucción de Stie Lux," dijo Reno.

"¿Dónde sugieres que vayamos?" dijo Atticus a Reno.

"Necesitamos regresar a Y'Fert," dijo Reno.

"¿Por qué?" dijo Atticus.

"El Cáliz—está manteniendo a Pito en un trance. ¿Cómo está Aida?" dijo Reno.

"Un robot médico la está cuidando," dijo Atticus.

Atticus miró los sensores mientras detectaban más y más escombros. Se sentía abrumado por todo. Muchas vidas se habían perdido potencialmente debido a sus insuficiencias. ¿No era él quien la galaxia decía que era? pensó.

"Necesito dirigirme a Y'Fert para ver a los Pedisax," dijo Reno.

Atticus no sabía qué decirle al Capitán Reno. Parecía que todo se estaba desmoronando en este viaje. Luego pensó en ello. Sea lo que sea que Pito y Aida estén experimentando, probablemente esté relacionado con D'Er. Aunque el planeta había sido olvidado hace mucho tiempo, todavía tenía un lugar digno en la galaxia como el hogar de la familia de Atticus.

Comenzó a introducir las coordenadas para D'Er. Dio más órdenes a los robots médicos para que asistieran a Aida. Esperó a que el Capitán Reno le diera la señal.

"Atticus, no tenemos enemigos a la vista para nuestra separación," dijo Reno.

"Entendido, Capitán Reno," dijo Atticus.

Ambos lanzaron sus naves al hiperespacio. Atticus se sentó junto a Aida mientras ella yacía en una cama de la bahía médica con los ojos cerrados y la respiración superficial. Su piel seguía brillando. Atticus miró su tatuaje y supo que el suyo no había dejado de brillar desde que llegaron a Stie Lux.

"Es un misterio por qué las características únicas tuyas y de Aida siguen activas," dijo el robot médico.

"Dime algo que no sepa," replicó Atticus. Golpeó el mamparo del Saltador Estelar. Se dirigían a D'Er, le gustara o no. Mil pensamientos cruzaron su mente. ¿Qué haría Llub en esta situación? pensó. Siempre sintió que Llub tenía las soluciones correctas a pesar de su linaje. Ahora, nunca lo volverá a ver.

Atticus se revolvía en una cama desigual en la cabina del piloto del Saltador Estelar. Aida estaba durmiendo en la sala médica cuando un sensor se activó en el centro de mando. Atticus se cayó de la cama—atontado. Dio un trago de jugo de zeti mientras miraba con incredulidad. La mitad de la flota kernanita lo estaba siguiendo y dirigiéndose hacia D'Er.

Intentó comunicarse con el Capitán Reno, pero sus intentos fallaron. Había demasiada interferencia. Escaneó la región nuevamente. Era demasiado tarde. Más naves de guerra kernanitas estaban casi encima del Capitán Reno. La nave Netcaz tenía algo de potencia de fuego y buenos escudos, sin embargo. El Capitán Reno podría contenerlos hasta que llegaran a la superficie.

Recuperándose nuevamente, pensó en los motores de hiperespacio. Podría sobrecargarlos para acelerar más hacia D'Er. Había una oportunidad de atrapar a Ba'Gam. Había perdido a casi todos en este viaje, en esta misión inútil de evitar su destino con los kernanitas.

El Capitán Reno era un soldado y guerrero duro, pero no era mucho rival para Ba'Gam y el resto de la flota. Atticus se acomodó de nuevo para la noche. Envió un mensaje al Capitán Reno, esperando que se recibiera antes de salir del hiperespacio en Y'Fert.

Mirando a Pito, el Capitán Reno le realizó otro escaneo ocular. Nada apareció en el escaneo; estaba sano. Pito continuaba mirando hacia adelante, fijado en el Cáliz. Después de hacer más y más escaneos del Cáliz, las firmas de energía solo llevaban a un lugar—Y'Fert. Qué había allí, el Capitán Reno no lo sabía.

Estaba en el comedor cuando llegó un mensaje. Estaba cifrado y enviado por Atticus un día atrás.

"Capitán Reno, aquí Atticus. Si recibes este mensaje, lo lograste o—casi. La mitad de la flota kernanita me está siguiendo, y la otra mitad va tras de ti," dijo Atticus.

El Capitán Reno fue inmediatamente a sus sensores. La nave Netcaz se había detenido por completo y estaba orbitando Y'Fert. Reno envió un mensaje a los Pedisax sobre su llegada. La nave permanecía en la sombra mientras el Capitán Reno esperaba. La flota kernanita también estaba orbitando. Parecía que la batalla ahora había llegado a Y'Fert.

Pito, de repente, se levantó del suelo y luego cayó en un estado inconsciente.

XIX

Atticus presionó el botón para activar los motores de hiperespacio. Se reclinó en la silla del piloto. Cerró los ojos y pensó en Fina por un momento. No había pensado en Fina a lo largo de su viaje. Creía que solo los retrasaría, pero después de la destrucción de Stie Lux, sintió la necesidad de recordar. No había olvidado la belleza de Fina ni la cálida y acogedora atmósfera de su gente. Atticus se preguntó más profundamente qué significaba todo y si podrían detener a Ba'Gam y a los kernanitas.

El Saltador Estelar cruzó la galaxia a toda velocidad. Atticus estaba en la sala de ejercicios del Saltador Estelar cuando uno de los robots médicos comenzó a fallar. Saltó de la bicicleta de ejercicio en la esquina de la sala.

Trajo algunas herramientas de la sala de mecánica en la cubierta debajo de la principal. Si algo más podía salir mal, pensó brevemente Atticus, probablemente lo haría. Un robot médico era obsoleto tan lejos en la galaxia. Aida intentaba levantarse ocasionalmente, pero era demasiado doloroso.

Finalmente, los sensores se activaron, mostrando que la nave había llegado al sistema de D'Er. Saldrían del hiperespacio en la órbita de D'Er. Se escuchó un golpe cuando el Saltador Estelar se deslizó fuera del hiperespacio. Entonces Atticus vio D'Er; era tan hermoso como había oído en Fina. Las nubes verdes y grisáceas contrastaban con los mares cristalinos y azules. Un verde cálido y profundo se extendía por millas en la tierra. D'Er tenía solo una luna, y estaba desierta. La gente de D'Er colonizó la luna durante miles de años antes de abandonarla.

Atticus activó la sombra del Saltador Estelar para ocultarse. Se posicionó de manera que orbitara sobre el continente principal para volar a Craigo, una pequeña ciudad conocida por tener artefactos de D'Er. Atticus planeaba dejar a Aida en el Saltador Estelar con los últimos robots médicos mientras él buscaba una respuesta. Envió un mensaje a la superficie para no llegar sin ser anunciado.

La gente de Craigo le pareció extraña a Atticus. Se vestían fuera de moda, incluso para los habitantes de D'Er, y las expresiones en sus rostros eran desconectadas. Algunos comerciantes miraban a Atticus con sospecha. Y algunos incluso se burlaban de él.

"¿Quién eres? ¿Un reclamante? ¿Un bandido del borde?" dijo alguien.

"No mereces nada," dijo otro.

Y otro escupió a Atticus.

Mucho había cambiado durante las décadas en Craigo. Algunas ciudades estaban abandonadas, pero Ba'Gam y el resto de los kernanitas no buscaban simplemente un lugar; buscaban a alguien—buscaban a Atticus. Atticus siguió un sendero hasta una montaña cercana donde caía una cascada.

Craigo hasta ahora no había dado nada. Se lavó las manos en un charco de agua y de repente escuchó un sonido en el aire. El sonido de los cazas kernanitas. Estaban aquí. Atticus corrió hacia Craigo y encontró a un sacerdote que huía de las bombas.

"Dime, Hombre de la Luz, ¿a dónde vas?" dijo Atticus.

"Voy a adorar por última vez," dijo el sacerdote. El sacerdote miró intensamente a Atticus. Tocó su rostro.

"Tú eres Atticus," dijo el sacerdote.

"Sí—Sí, lo soy," dijo Atticus.

"Ellos vienen tras de ti por el derecho de gobernar la galaxia, pero no pueden. La guerra solo terminará una vez que lo des todo. Debo irme," dijo el sacerdote.

El sacerdote corrió hacia los callejones lejanos de Craigo. Atticus miró su tatuaje. Brillaba tanto que tuvo que cubrirlo con su abrigo. Ba'Gam estaba aquí. Ba'Gam estaba aquí para terminar lo que comenzó, pero Atticus estaba listo.

* * *

El Capitán Reno teletransportó a Pito, el Cáliz, y a sí mismo al campamento donde Sicro estaba enterrado. Envió un mensaje a los Pedisax, que lo esperaban. Los Pedisax parecían aliviados de que estuviera allí.

"Capitán Reno, no hay palabras para describir lo contentos que estamos de verte. Hemos mantenido nuestro juramento a lo que queda de tu larga estadía aquí en Y'Fert," dijo un Pedisax.

"Muy bien," dijo Reno.

"Pero mi amigo Pito—el hermano de Atticus—está enfermo. Tiene algo que ver con el Cáliz. Pensábamos que sí, pero ahora ha caído inconsciente," dijo Reno.

El chamán Pedisax sacó su bastón y lo sostuvo sobre Pito. No pasó nada. Los Pedisax parecían frustrados y luego se acercaron al Cáliz.

"Esto es preocupante. Parece que una fuerza maligna está detrás de esto, y el Cáliz apenas está manteniendo a Pito," dijo el chamán.

"¿Pasó algo malo aquí recientemente?" dijo el Capitán Reno.

"Algunos saqueadores intentaron robar la tumba de Sicro, pero los repelimos," dijo un guerrero Pedisax.

El Capitán Reno miró alrededor del sitio de la tumba en busca de pistas. Alguien entre los saqueadores sabía que Sicro estaba enterrado aquí. Reno encontró la pista en unos maderos quemados cerca del sitio de la tumba. Era el emblema kernanita. Entonces era alguien poderoso.

"Caldir estuvo aquí," dijo Reno.

Los Pedisax sonaron una alarma, y los guerreros señalaron y miraron al cielo. Reno levantó las manos hacia el sol. Eran los kernanitas. Habían lanzado sus cazas y cruceros.

El Capitán Reno buscó en su cinturón de utilidades. Necesitaba transportar a Pito y el Cáliz, pero la señal no se fijaba en ellos. Los Pedisax llevaron sus hodit y su grupo a las cavernas. De repente, el Cáliz comenzó a flotar sin esfuerzo en el aire sobre la tumba de Sicro. Energía fluía desde el Cáliz hacia la tumba de Sicro.

Pito soltó un grito y cayó de nuevo al suelo del desierto. Comenzó a retorcerse de dolor. Reno se asustó, así que agarró al chamán por el hombro.

"Por favor, quédate; te necesito. Sé muy poco sobre el mundo espiritual," dijo el Capitán Reno.

El chamán agitó su bastón sobre la tumba de Sicro y lo colocó sobre la cabeza de Pito. Murmuró muchas oraciones para sí mismo. Dejó que sus brazos se extendieran, permitiendo que el sol calentara su cuerpo contra el viento calmado de la llanura del desierto. El Capitán Reno observó, y sin previo aviso, la tumba de Sicro comenzó a abrirse.

Sicro salió tambaleándose con la vestimenta funeraria, temblando y confundido. Pito se puso de pie, con los ojos fijos en Sicro y con una mirada de asombro. El Capitán Reno se acercó a Pito y puso sus brazos alrededor de él. Intentó calmarlo.

"¿Qué pasó? Sentí el sol brillando en mi cara; luego sentí frío; luego sentí el cálido sol," dijo Sicro.

Sicro miró brevemente a Reno antes de tocar frenéticamente el suelo.

"¿Es esto Y'Fert? ¿Quién eres?" dijo Sicro, señalando a Pito.

"Esto es, de hecho, Y'Fert," dijo el chamán.

"Pito, este es Sicro, el hijo de Atticus, tu sobrino," dijo el Capitán Reno.

* * *

Los soldados kernanitas marchaban por las calles y callejones de Craigo. Se oían los llantos de los habitantes por toda Craigo. Eso hizo que Atticus se llenara de furia. Estas personas eran su gente; él lo sabía.

Craigo estaba posicionado en un acantilado con vista al lago que los locales llamaban "el lago de los dioses." Atticus se encontraba en la cima de una de las paredes del acantilado, lejos del centro de la ciudad. Logró encontrar un camino que llevaba a un saliente remoto.

Atticus se sentó al otro lado del saliente. Se sintió aliviado de haber encontrado un escondite de las tropas hasta que escuchó susurros lejanos—y cuando se acercó, sonaban como cánticos. Atticus preparó su arma iónica pero luego la desactivó, ya que ahora estaba mirando al mismo sacerdote que había conocido en Craigo.

"¿Qu-qué haces aquí?" dijo Atticus.

El sacerdote sonrió.

"Vine aquí para rezar. Esto debe ser obra de los dioses. Te encontré aquí, y ellos te trajeron de nuevo a mí," dijo el sacerdote.

"Sí—soy Atticus Lokar de la Casa de D'Er, hijo del General Atticus I," dijo Atticus.

El sacerdote sonrió aún más ampliamente.

"Por supuesto que lo eres. Mi nombre es Nead, por cierto," dijo el sacerdote.

"¿Qué tiene que ver quién soy con la caída de Craigo?" dijo Atticus.

"Ba'Gam busca legitimidad, como todos saben ahora en D'Er. Las otras ciudades a lo largo del planeta han luchado, pero no pueden contener a Ba'Gam mucho más," dijo Nead.

"¿Qué tipo de legitimidad está buscando Ba'Gam?" dijo Atticus.

"Si Ba'Gam no puede tenerte a ti—y siento que busca a alguien más—él va tras algo antiguo," dijo Nead.

"¿Como qué?" dijo Atticus.

Nead señaló detrás de él hacia lo que parecían ser cuevas, pero al mirarlas más de cerca, eran ruinas. Columnas se proyectaban sobre el lago. Los árboles se mecían en el viento junto al lago.

"Es uno de tus antiguos palacios. No es nada," rió Nead.

Nead se mordió el labio, notando que Atticus no devolvió su risa. El tatuaje de Atticus brilló, y comenzó a arder. Atticus pasó sus dedos por las antiguas escrituras en las paredes del palacio. Mural tras mural antiguo estaban cubiertos de polvo y musgo. De repente, el antiguo palacio tembló cuando bombas de iones explotaron a lo lejos en Craigo.

Atticus sintió que el palacio no era solo nada. El sacerdote estaba estresado por el ataque de los kernanitas. Atticus volvió al laberinto del palacio. Las antiguas habitaciones estaban llenas de objetos olvidados y utensilios ceremoniales. Al fondo del palacio, llegó a una sala con un techo ornamentado. La luz se filtraba por las ventanas altas en la sala. Era majestuoso.

Atticus escuchó a Nead siguiéndolo. Nead tosió y comenzó a abrir un libro. Parecía casi con lágrimas en los ojos mientras hojeaba las páginas.

"Aquí es donde estaban tu madre y tu padre con su corte antes de morir," dijo Nead.

"¿Dejaron algún mensaje o algo?" dijo Atticus.

"Hay un dicho antiguo: 'Aquel que gobierna, gobierna con su mano derecha e izquierda con justicia,'" dijo Nead.

Atticus frunció el ceño. Debe haber más en la historia de sus padres, pero había poco tiempo.

Todo estaba tranquilo en el antiguo palacio, y luego escuchó el sonido de pasos hacia la entrada del palacio.

"Agáchate," dijo Atticus a Nead.

"¿Qué es? ¿Quién es?" dijo Nead.

Atticus sostuvo su tatuaje y apretó los dientes. Estaba en dolor. Ba'Gam estaba cerca. Su tatuaje se lo decía. ¿Pero era realmente él?

Atticus se levantó y preparó su arma iónica. Nead se agachó detrás de una columna, y Atticus le entregó una pistola iónica. Nead solo negó con la cabeza.

"Soy un sacerdote. No tomamos armas contra nadie. Amigo o enemigo," dijo Nead.

Atticus sonrió con ironía. "Dijiste que conocías a mi familia. Ahora es el momento de demostrarlo," dijo Atticus.

Se escuchó una fuerte explosión dentro del palacio, y piedras cayeron del techo. Pájaros volaron en todas las direcciones. Nead se levantó y tomó una posición junto a Atticus.

"Atticus, muchacho, ¿dónde estás? Ha pasado tanto tiempo," dijo Ba'Gam.

Atticus no quería revelar su posición, así que tocó su cinturón para activar la tecnología de sombra y ocultar a ambos, a él y a Nead. Tan pronto como lo hizo, Ba'Gam apareció a lo lejos.

Atticus señaló a Nead para que se escondiera entre las otras columnas de la sala. Ba'Gam avanzó. Un arma iónica estaba colgada en su hombro, y sostenía un libro en la mano.

"Tienes lo que quiero, Atticus," dijo Ba'Gam.

"No tengo lo que buscas—toma a tus soldados y vete de D'Er," dijo Atticus.

Ba'Gam rió. "Esas son palabras audaces para alguien que no está en posición de renunciar a su esposa—su amor," dijo Ba'Gam.

Atticus hizo una mueca. Encontraron a Aida y al Star Jumper. Disparó a Ba'Gam, solo para que los escudos disiparan el disparo.

"A donde quiera que has ido, te he seguido, Atticus. Te he seguido a los confines de la galaxia si he tenido que hacerlo," dijo Ba'Gam.

"Todo por nada," gritó Atticus.

Ba'Gam levantó su dedo. Sonrió. Y luego apuntó su arma de iones hacia Nead.

Las gotas de sudor caían por la frente de Atticus. Ba'Gam había encontrado a Nead. Atticus entonces dio un paso hacia la luz de la habitación.

Ba'Gam volvió a sonreír.

"Has perdonado a tu amigo—un sacerdote, veo," dijo Ba'Gam.

Luego Ba'Gam disparó su arma de iones a Nead. Nead cayó al suelo. Atticus sacó su arma y disparó contra Ba'Gam. Atticus rodó por el suelo hacia el otro lado de la habitación donde estaba Nead y verificó si estaba muerto. Solo estaba aturdido.

"La próxima vez, no tendrás tanta suerte. Pero no es a ti a quien persigo, sacerdote. Estoy tras Aida, el Cáliz y Atticus," dijo Ba'Gam.

Atticus se agachó junto a la columna y miró a través de su módulo teletransportador para ver si podía localizar a Aida. Ella estaba en algún lugar al frente del palacio. Atticus se puso de pie y agarró el arma de iones de Nead.

Ba'Gam silbó, y se escucharon pasos de soldados. Se oyó un gemido en la oscuridad del palacio. Aida fue luego empujada hacia la luz de la sala principal.

"Estás mucho mejor ahora, Aida. Te he sanado," dijo Ba'Gam.

"No se puede sanar lo que nunca estuvo enfermo," dijo Aida.

"Es cierto. Pero aún te quiero. Ahora, siéntate en ese trono al final de la sala principal," dijo Ba'Gam.

Se escuchó explotar una bomba de iones, y cayeron más piedras. Atticus sabía que no quedaba mucho tiempo para que Ba'Gam llevara a cabo su plan con Aida, ya que el palacio no se mantendría intacto. Aida se sentó donde Ba'Gam le indicó.

Su tiara comenzó a brillar, y luego apareció un mapa de D'Er frente a Aida. Ba'Gam aplaudió. Llamó a más guerreros kernanitas para que se unieran a su lado.

"Así que tenía razón, Aida, tú eres de mi tipo. Gobernaré contigo. El mapa ha señalado aquí. Aquí. Aquí fue el último lugar donde la familia de Atticus gobernó antes de que estallaran las guerras en toda la galaxia. Y aquí es donde se mantiene todo el poder de la galaxia, en el vínculo entre Aida y Atticus," dijo Ba'Gam.

"No puedes tenerla. No puedes tenernos a ninguno de los dos," dijo Atticus.

Atticus cargó contra Ba'Gam, pero antes de que pudiera alcanzarlo, uno de los guerreros le disparó y lo hizo caer al suelo. Aida gritó, y Ba'Gam exclamó con júbilo. Agarró la nuca de Atticus y lo obligó a poner la cara en el suelo.

"Estoy a punto de aplastarte y acabar con tu plan, Atticus," dijo Ba'Gam.

"No, no lo harás," dijo una voz.

Era Nead.

Nead sostenía una granada de iones y la lanzó a Ba'Gam, haciendo que se adhiriera a su armadura. Atticus se levantó, arrojó a Ba'Gam hacia los guerreros, y corrió para llevar a Aida detrás de las otras columnas de la sala. La granada explotó.

Atticus se acercó al lugar donde había caído Ba'Gam. Lo tocó. Estaba muerto.

XX

Los ojos de Pito ardían con convicción mientras caminaba furiosamente hacia el otro lado del campamento. Sus fosas nasales se ensanchaban, y apoyó la cabeza sobre sus manos. Pito caminaba con impaciencia.

"¿Por qué no está hablando?" dijo Pito.

"Ha sido traído de vuelta de la muerte. ¿Qué pensarías tú?" dijo el chamán.

"No creo tener un sobrino. Debemos contactar a Atticus," dijo Pito.

"Primero debemos pasar por los kernanitas y defender a los Pedisax. Les debemos eso. Necesitamos ir a las cuevas," dijo el Capitán Reno.

El Capitán Reno cargó un hodit, y Pito y Sicro se subieron a la parte trasera de otro. Al salir del campamento, miraron hacia las enormes naves de guerra que flotaban sobre ellos y continuaron con su hodit. No pasó mucho tiempo antes de que llegaran a las cavernas. Un soldado Pedisax los recibió.

"No hay mucho tiempo antes de que toda la fuerza de los kernanitas esté sobre nosotros," dijo el guerrero.

"Tengo una idea," dijo el Capitán Reno.

El Pedisax gruñó un poco, pero luego le dio una mirada de curiosidad. Los Pedisax habían sido tomados por sorpresa y recordaban la generosidad de Reno y todos los que habían vivido en Y'Fert. El Capitán Reno entregó un transpondedor al soldado Pedisax.

"Usaremos una señal de transpondedor para atraer a la flota kernanita a una de las lunas de Y'Fert. Dile a tus soldados que lancen este transpondedor a una de las naves de guerra en órbita baja," dijo el Capitán Reno.

El Capitán Reno subió a la cima de las colinas donde estaban las cavernas, y los Pedisax prepararon un lanzador. Reno miró al cielo y escuchó el zumbido del misil.

"¿Está funcionando?" dijo el Capitán Reno a un soldado Pedisax.

"No he recibido respuesta del transpondedor en la luna," dijo el soldado.

"Mira, están comenzando a alejarse," dijo otro soldado.

Las naves de guerra comenzaron a alejarse de la superficie de Y'Fert y se dirigieron hacia una de las lunas. Mientras se alejaban, sus luces brillaban intensamente en el crepúsculo. Pito y Sicro miraron hacia arriba junto con Reno mientras el crepúsculo se convertía en noche y esperaban las últimas noticias.

"Necesitamos enviar un mensaje a Atticus," dijo Pito.

"De acuerdo," dijo Reno.

El Capitán Reno se acercó a los Pedisax y les entregó una nota escrita a mano. Los Pedisax parecían desconcertados, ya que no habían presenciado lo que había sucedido con Sicro. Solo asintieron en señal de acuerdo cuando Reno pidió un chamán.

Cuando los Pedisax ingresaron el mensaje para Atticus, luces brillantes llenaron repentinamente el cielo. El Capitán Reno y los demás levantaron las manos para bloquear la luz. Los Pedisax se apresuraron a sus consolas.

"Las naves de guerra se han estrellado en la superficie de una de las lunas y entre sí. Se han destruido a sí mismas," dijo el soldado.

"Asegúrate de agregar eso al mensaje enviado a Atticus. Dile que, en su mayoría, estamos a salvo," dijo Reno.

"¿Qué va a pasar ahora?" dijo Sicro.

"Tenemos que decirle a Atticus que estás vivo y que estamos a salvo de los kernanitas. Esperemos que todo esté yendo bien con él," dijo el Capitán Reno.

* * *

Atticus se levantó del suelo del palacio. Aida estaba acostada junto a él. Ella respiraba, y Atticus le tocó las mejillas. Ella gimió y se sentó erguida contra un pilar.

"¿Qué sucedió, Atticus?" dijo ella.

"Ba'Gam te tomó. Está muerto ahora," dijo Atticus.

"Estoy aquí, Atticus," dijo una voz.

"¡Nead!" dijo Atticus.

Atticus corrió hacia donde provenía la voz en el palacio. Encontró a Nead sentado en el suelo. Estaba usando una de sus manos para cubrir un brazo herido.

"No es nada," rió Nead.

"Necesito conseguir algo de medicina para ti," dijo Atticus.

"Lo que necesitas hacer es hacer algo con los kernanitas; haz que se rindan," dijo Nead.

"Necesito mostrarles el cuerpo de Ba'Gam; Necesito mostrarles que han sido derrotados," dijo Atticus.

"Atticus, en mi manto hay un chip que contiene información que te ayudará a conectarte con la matriz de comunicación de D'Er. Puedes transmitir un mensaje allí," dijo Nead.

"Lo haré," dijo Atticus.

Atticus miró alrededor del suelo del palacio y encontró el manto. Tomó el chip y lo insertó en su cinturón de utilidades. Tomó la cámara y grabó un video del cuerpo de Ba'Gam.

"Estoy enviando el video y los mensajes a los kernanitas," dijo Atticus.

Solo tomó unos minutos antes de que el bombardeo de Craigo y la costa se detuviera. Atticus corrió hacia la entrada del palacio y luego subió los acantilados hacia Craigo. Los guerreros kernanitas estaban subiendo a las naves hacia los buques de guerra que orbitaban D'Er. Encontró a un transeúnte y lo detuvo.

"¿Tienes alguna medicina contigo?" dijo Atticus.

El desconocido miró a Atticus severamente y se rió. Luego lo golpeó en el hombro y le entregó una bolsa de medicinas. Sonrió ampliamente.

"Eres Atticus," dijo el desconocido.

"Sí, lo soy," dijo Atticus.

"Esta guerra con los kernanitas no duró mucho. ¿Sabes por qué?" dijo el desconocido.

"Matamos a su líder. La amenaza ha terminado ahora," aseguró Atticus.

Atticus regresó al palacio subterráneo para administrar la medicina. Su comunicador en el cinturón de utilidades comenzó a sonar, y recibió el mensaje: era el Capitán Reno.

"Atticus, si estás recibiendo esto, quería que supieras que curamos a Pito, Sicro ha regresado, y hemos repelido a los kernanitas de Y'Fert," dijo el Capitán Reno.

Los ojos de Atticus se llenaron de orgullo y alegría. Habían ganado la guerra. Atticus programó un mensaje para que el Capitán Reno y los demás vinieran a D'Er.

Atticus administró la medicina tanto a Aida como a Nead. Tomó alrededor de medio día para que ambos se sintieran mejor. Lágrimas fluían de los ojos de Atticus durante todo el día.

Aida se levantó del suelo y se sentó en los escalones que llevaban al trono en la sala principal. Nead hizo lo mismo. El comunicador de Atticus volvió a sonar.

"Atticus, soy el General Shor de D'Er. ¿Cuáles son tus órdenes ahora?" dijo el general.

Atticus dudó en responder. Nunca antes había dado órdenes a todo un ejército y se sintió abrumado.

"Dile a tus soldados que solo ataquen a los kernanitas cuando sea necesario," dijo Atticus.

"Sí, señor," respondió el general.

"Atticus, ven a sentarte conmigo," dijo Aida suavemente.

"¿Qué sucede?" preguntó Atticus.

"Siento… siento… que la amenaza se ha ido," dijo Aida. Miró su cuerpo, que ya no brillaba, y dejó escapar gritos de alegría.

"Lo sé, se acabó," dijo Atticus.

"Nos quedaremos aquí en el palacio," dijo Atticus.

Nead se levantó y miró su herida. Se inclinó ante Atticus, lo abrazó, y luego soltó un grito victorioso.

"Me alegro de que hayas regresado. La gente de Fina estaría orgullosa de ti. Lo que ha sucedido debería estar llegando a ellos ahora," dijo Nead.

"Iré a uno de los pueblos cerca de Craigo para recoger algunas provisiones," dijo Atticus.

Atticus regresó a la cima de los acantilados y fue a un pueblo cercano. Los aldeanos estaban bailando en las calles y ondeando la bandera de la Casa de D'Er por todas partes. Incluso estaban quemando el equipo que los kernanitas habían dejado.

"No necesitamos esto," dijo un aldeano a Atticus. Arrojó un arma de triple ion en el fuego. Atticus sonrió mientras recibía una cálida bienvenida de los aldeanos.

"Quisiera dos hogazas de pan, algo de sopa y raciones," dijo Atticus a un vendedor ambulante.

"D'Er tiene suerte. Uno de los suyos ha regresado, tal como dicen los mitos," dijo el vendedor.

"Gracias por el cumplido," dijo Atticus. Tomó un sorbo de jugo mientras disfrutaba de la atmósfera jubilosa. Sintió que la celebración estaría completa con el regreso de los demás.

La noche comenzó a caer sobre el pueblo, y Atticus regresó por los acantilados al antiguo palacio subterráneo. Colocó la comida y la bebida sobre una mesa olvidada en la sala principal. Aida ahora estaba mirando alrededor de la sala los diversos artefactos y se encontró con los dos tronos que estaban uno al lado del otro.

El comunicador de Atticus sonó, y recibió un mensaje. Era el Capitán Reno. Fue hacia Aida y la abrazó y besó.

"¡Están aquí!" dijo Atticus.

"¿Quiénes son?" preguntó Nead.

"Son amigos. Derrotaron a la otra flota kernanita. Y tienen el Cáliz de la Vida con ellos," dijo Atticus.

"Atticus, soy el Capitán Reno. Vamos a descender a la superficie," dijo Reno.

"Entendido," respondió Atticus.

Cuando el Capitán Reno y los demás llegaron al palacio, era medianoche. Los lobos aullaban a lo lejos. Las olas rompían contra los acantilados, y el viento soplaba suavemente.

Cuando Atticus vio a Sicro, lloró de alegría. Los abrazó a todos y agradeció a los dioses. Un soldado de los Pedisax estaba con ellos.

"Atticus, trajimos a un soldado de los Pedisax con nosotros para enseñarles sobre el mundo exterior," dijo el Capitán Reno.

"Muy bien, muy bien, todos son bienvenidos," dijo Atticus.

Aida miró el rostro de Sicro y rió. Lo abrazó y lo besó hasta que se avergonzó. Aida sabía que era su hijo quien había regresado de la muerte.

"Atticus, ¡deberíamos casarnos aquí mismo, ahora mismo! ¿Podrías hacerlo, Nead? ¿Podrías casarnos?" dijo Aida.

"Sí, soy uno de los sacerdotes del poder que puede casarlos," dijo Nead.

Aida saltó de alegría y se acercó a los tronos. Atticus buscó en su abrigo un trozo de metal que había envuelto alrededor de su dedo para arreglar un arma de ion. Pito, Sicro y el Capitán Reno aplaudieron.

Nead caminó hacia los tronos y se colocó frente a ellos. El Capitán Reno y los demás se reunieron alrededor de Aida y Atticus. Atticus colocó el anillo de metal que encontró en su abrigo en el dedo de Aida. El sacerdote dio una bendición rápida, y luego se besaron.

"Deberíamos subir a la cima de los acantilados para mirar el mar," dijo Aida.

"No antes de sentarnos en los tronos," dijo Atticus.

Aida se acercó y tomó asiento en el trono de la izquierda, y Atticus tomó asiento en el trono de la derecha. Se sentía bien que se sentaran en los tronos, y Atticus sintió la presencia de sus padres allí.

En la cima de los acantilados, en la distancia, los fuegos artificiales explotaban en el cielo. Atticus sostuvo a Aida cerca, y el viento los envolvió. Atticus quería que este momento durara para siempre.

El Capitán Reno y los demás llegaron a la cima de los acantilados, donde encontraron a Aida y Atticus. Pito y Sicro se maravillaron con los fuegos artificiales que veían. Reno encendió una fogata para que se sentaran durante la celebración.

"Estoy tan feliz de que hayas regresado, Sicro," dijo Atticus.

"Yo también. Lo hiciste bien," dijo Aida.

Pito tosió y se acercó al Capitán Reno. Pito gruñó un poco, pero nada fuera de lo ordinario. Atticus miró a Pito, quien se alejaba de ellos.

"¿Está todo bien?" preguntó Atticus.

"Siento como si hubiera sido reemplazado desde que Sicro regresó. Ya era bastante malo estar separados durante tanto tiempo, Atticus," dijo Pito.

"Siempre serás mi hermano," respondió Atticus.

Pito sonrió y miró hacia abajo, al fuego crepitante. El viento levantó las brasas anaranjadas y las lanzó sobre los acantilados hacia el mar. Las aves nocturnas se llamaban unas a otras durante las primeras horas de la luz de la luna.

El Capitán Reno decidió montar un campamento para todos. Aida se recostó junto a Atticus, y ambos miraron las estrellas. Una estrella fugaz cruzó el cielo nocturno, y Nead dijo una oración. Sicro y Pito intercambiaron historias hasta bien entrada la noche, después de que los demás se habían quedado dormidos.

Cuando llegó el día, todos se dirigieron a una ciudad portuaria vecina llamada Woer. Woer había logrado repeler ataques de los kernanitas y recibir menos daños. Estaba en las colinas hacia las montañas de Craigo. El aire era fresco y limpio a medida que subían por las laderas. Atticus lideraba el camino, seguido por Aida y Nead. El Capitán Reno vigilaba de cerca a los rezagados que llegaban de los kernanitas.

"Entonces, Aida," dijo el Capitán Reno, "¿Dónde planean tú y Atticus establecerse ahora que la guerra ha terminado?"

"Fina," respondió Aida.

"¿De verdad? Los Mundos Independientes necesitan algunos diplomáticos que los ayuden con el desorden que dejaron los kernanitas y sus aliados," dijo el Capitán Reno.

"No," dijo Aida, "Fina nos necesita ahora; la guerra ha terminado. Somos sus hijos, y se lo debemos. Ellos son nuestro pueblo."

"Pero ¿y Atticus? Él ahora es de la Casa de D'Er, un gobernante de todo un mundo," dijo el Capitán Reno.

"No importa. El amor es el amor," contestó Aida.

"¿Por qué vamos a esta ciudad?" dijo el Capitán Reno a Aida.

"Atticus necesita más confirmación de que este gobierno realmente está destinado para él," respondió Aida.

"Pero, ¿acaso no ha sido suficiente todo este tiempo, toda esta espera y lucha?" dijo el Capitán Reno.

"Lo ha sido, y la ayuda de los amigos lo confirmó aún más. Ahora, él lo necesita de la gente. Oficialmente," dijo Aida.

Atticus y los demás entraron a los límites de la ciudad de Woer. El puerto estaba lleno de comercio y celebración. Atticus y los demás se mantuvieron en la parte de atrás en los callejones para que los lugareños no los vieran. Todos fueron a un templo y dijeron una oración. Los sacerdotes locales felicitaron a Nead por el matrimonio de Atticus y Aida.

"Ah, bueno, esto no es solo para mí. Es para los hijos de Fina. Todos somos hijos de Fina. Es para Sicro, Atticus y Aida. Y Pito y el Capitán Reno," dijo Nead.

"Todos ustedes han hecho una gran obra para la galaxia," dijo una sacerdotisa.

"No piensen en eso," dijo Atticus.

Los sacerdotes y sacerdotisas los cubrieron de flores mientras salían del templo. El Capitán Reno intentó sacudírselas, al igual que Pito y Sicro. Aida se rió mientras las flores caían por la escalera que conducía a la calle.

"Atticus, ¿cuándo crees que podríamos regresar a Fina?" dijo Aida.

"¡En cualquier momento!" dijo Atticus.

"Siento que no me estás diciendo algo," dijo Aida.

"Primero, necesito confirmar algo con un viejo amigo de la familia," respondió Atticus.

Caminaron por tres callejones sinuosos hasta llegar a una pequeña casa. La puerta estaba ligeramente abierta. Las luces en la habitación eran velas. Un libro yacía en el centro de la habitación sobre una mesa.

El tatuaje de Atticus comenzó a brillar, al igual que la piel de Aida. Una figura apareció al fondo de la habitación junto a la mesa. La figura estaba encapuchada, y Aida, Atticus y los demás avanzaron.

"Hola, Atticus y Aida," dijo la figura.

"¿Quién eres?" preguntó Atticus.

"Soy un hijo de Fina, como tú, en un viaje," dijo la figura.

"Mi viaje ha terminado, señor. La guerra ha terminado. Encontré el planeta de mis padres," dijo Atticus.

"¿O acaso tu viaje ha terminado?" dijo la figura.

La figura se quitó la capucha. Era un Humar de un azul brillante, la especie de Aida. El viaje había comenzado de nuevo.